佐島 勤
Tsutomu Sato
Illustration／石田可奈
Kana Ishida

續・魔法科高中的劣等生

魔法人聯社 6

The irregular at magic high school
Magian Company

illustrator assistant／ジミー・ストーン、末永康子

Kadokawa Fantastic Novels

KEYWORDS

達也至今取得的古代遺跡香巴拉遺物

指南針

USNA沙斯塔山出土的正八角形小石板。
放在手心注入想子就會指示烏茲別克的圖達庫爾湖。

月之鑰——白之鑰

圖達庫爾湖出土的白色石製圓盤。
其中一面浮雕的圖樣，是知名的國際文化遺產保護協定之標誌符號「和平旗」。

空之鑰——藍之鑰

薩曼尼陵墓附近出土的藍色石製圓盤。
和「月之鑰」一樣，搭配指南針使用之後，就會指示別名「死者之都」的古蹟楚貝克爾。

日之鑰——黃之鑰

在楚貝克爾出土的黃色石製圓盤。
「月之鑰」、「空之鑰」、「日之鑰」的出土場所，搭配藏傳佛教的聖典《時輪怛特羅》內容記載的曼陀羅，就會顯示出香巴拉「寶物庫」的場所。

杖

在香巴拉「寶物庫」出土，約50公分長的短棒。
觸感近似木質，前端是石英玻璃的完美球體寶珠。以未知的原料製作而成，不會對可視光線以外的任何電磁波起反應，即使是X光或磁力線都會完全穿透。
具備從「寶物庫」外部使用香巴拉遺產的遙控終端裝置功能。

安潔
魔法大
前USNA
如今歸
深雪共

「——恭迎聖駕，八雷神！」

成為世界最強的哥哥。
絕對信任哥哥的妹妹。
這對兄妹為了實現理想的社會而踏出一步時，

混亂與變革的每一天就此揭開序幕──

魔法人聯社 6

續・魔法科高中的劣等生

The irregular at magic high school
Magian Company

佐島 勤
Tsutomu Sato
illustration
石田可奈
Kana Ishida

Kadokawa Fantastic Novels

司波達也

魔法大學三年級。
打倒數名戰略級魔法師，向世人展現實力的「最強魔法師」。深雪的未婚夫。
擔任魔法人協進會的副代表，
成立魔法人聯社。

司波深雪

魔法大學三年級。
四葉家的下任當家。達也的未婚妻。
擅長冷卻魔法。
擔任魔法人聯社的理事長。

安潔莉娜·庫都·希爾茲

魔法大學三年級。
前USNA軍STARS總隊長安吉·希利鄔斯。
歸化日本，擔任深雪的護衛，
和達也、深雪共同生活。

九島光宣

和達也決戰之後，陪伴水波沉眠。
現在和水波一起在衛星軌道上
協助達也。

櫻井水波

光宣的戀人。
曾經陪伴光宣沉眠，
現在和光宣共同生活。

藤林響子

從國防軍退役，在四葉家從事研究工作。
二一〇〇年進入魔法人聯社就職。

遠上遼介

隸屬於USNA政治結社「FEHR」的日本青年。
在溫哥華留學期間，
熱中於「FEHR」的活動，從大學中輟。
使用失數家系「十神」的魔法。

蕾娜・費爾

USNA政治結社「FEHR」的首領。
別名「聖女」，擁有超凡的領袖氣質。
實際年齡三十歲，
看起來卻只像是十六歲左右。

艾莎・錢德拉塞卡

戰略級魔法「神焰沉爆」的發明人。
和達也共同設立「魔法人協進會」，
擔任代表。

愛拉・克里希納・夏斯特里

錢德拉塞卡的護衛，
已習得「神焰沉爆」的
非公認戰略級魔法師。

一条將輝

魔法大學三年級。
十師族一条家的下任當家。

十文字克人

十師族十文字家的當家。
進入自家的土木公司擔任幹部。
達也形容為「如同巨巖的人物」。

七草真由美

十師族七草家的長女。
從魔法大學畢業之後，進入七草家相關企業工作，
後來轉職進入魔法人聯社。

西城雷歐赫特

從第一高中畢業之後，就讀通稱「救難大」的
克災救難大學。達也的朋友。
擅長硬化魔法。個性開朗。

千葉艾莉卡

魔法大學三年級。達也的朋友。
可愛的闖禍大王。

吉田幹比古

魔法大學三年級。出自古式魔法名門。
從小就認識艾莉卡。

柴田美月

從第一高中畢業之後，升學就讀設計學校。
達也的朋友。罹患靈子放射光過敏症。
有點少根筋的認真少女。

光井穗香

魔法大學三年級。
擅長光波振動系魔法。心儀達也。
一旦擅自認定後就頗為一意孤行。

北山雫

魔法大學三年級學生。從小和穗香情同姊妹。
擅長振動與加速系魔法。
情緒起伏鮮少展露於言表。

四葉真夜

達也與深雪的姨母。
四葉家現任當家。

葉山

服侍真夜的高齡管家。

黑羽亞夜子

魔法大學二年級。文彌的雙胞胎姊姊。
從第四高中畢業時，公開自己和四葉家的關係。

黑羽文彌

魔法大學二年級。和姊姊亞夜子是雙胞胎。
從第四高中畢業時，公開自己和四葉家的關係。
乍看只像是中性女性的俊美青年。

花菱兵庫

服侍四葉家的青年管家。
四葉家次席管家花菱的兒子。

七草香澄

魔法大學二年級。
七草真由美的妹妹。泉美的雙胞胎姊姊。
個性活潑開朗。

七草泉美

魔法大學二年級。
七草真由美的妹妹。香澄的雙胞胎妹妹。
個性成熟穩重。

洛基・狄恩

FAIR 的首領。表面上是義大利裔的風雅男子，
具備好戰又殘虐的一面。
為了實現由魔法師統治社會的願望
而覬覦聖遺物。

蘿拉・西蒙

擁有歸類為妖術或巫術的能力，
北非裔的美女。
洛基・狄恩的心腹兼情人。

吳內杏

進人類戰線的領袖。
擁有特殊的異能。

深見快宥

進人類戰線的副領袖。

Glossary
用語解說

一科生的徽章

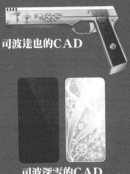

司波達也的CAD

司波深雪的CAD

魔法科高中
國立魔法大學附設高中的通稱，全國總共設立九所學校。
其中的第一至第三高中，每學年招收兩百名學生，
並且分為一科生與二科生。

花冠、雜草
第一高中用來形容一科生與二科生階級差異的隱語。
一科生制服的左胸口繡著以八枚花瓣組成的徽章，
不過二科生制服沒有。

CAD
簡化魔法發動程序的裝置，
內部儲存使用魔法所需的程式。
分成特化型與泛用型，外型也是各有不同。

Four Leaves Technology〔FLT〕
國內一家CAD製造公司。
原本該公司製造的魔法工學零件比成品有名，
但在開發「銀式」之後，
搖身一變成為知名的CAD製造公司。

托拉斯・西爾弗
短短一年就讓特化型CAD的軟體技術進步十年，
而為人所稱頌的天才技師。

Eidos〔個別情報體〕
原為希臘哲學用語。在現代魔法學，個別情報體指的是
「伴隨事物現象而來的情報」，是「事象」曾經存在於
「世界」的記錄，也可以說是「事象」留在「世界」的足跡。
依照現代魔法學的定義，「魔法」就是修改個別情報體，
藉以改寫個別情報體所代表的「事象」的技術。

Idea〔情報體次元〕
原為希臘哲學用語。在現代魔法學，情報體次元指的是「用來記錄個別情報體的平台」。
魔法的原始形態，就是將魔法式輸入這個名為「情報體次元」的平台，
改寫平台裡「個別情報體」的技術。

啟動式
為魔法的設計圖，用來構築魔法的程式。
啟動式的資料檔案，是以壓縮形式儲存在CAD，魔法師輸入想子波展開程式之後，
啟動式會依照資料內容轉換為訊號，並且回傳給魔法師。

想子
位於靈異現象次元的非物質粒子，記錄認知與思考結果的情報元素。
成為現代魔法理論基礎的「個別情報體」，成為現代魔法骨幹的「啟動式」和
「魔法式」技術，都是由想子建構而成。

靈子
位於靈異現象次元的非物質粒子。雖然已經確認其存在，但是形態與功能尚未解析成功。
一般的魔法師，頂多只能「感覺到」活化狀態的靈子。

魔法師
「魔法技能師」的簡稱。能將魔法施展到實用等級的人，統稱為魔法技能師。

魔法式
用來暫時改變伴隨事物現象而來的情報之情報體。由魔法師持有的想子構築而成。

魔法演算領域

構築魔法式的精神領域，也就是魔法資質的主體。該處位於魔法師的潛意識領域，魔法師平常可以意識到魔法演算領域並且使用，卻無法意識到內部的處理過程。對魔法師本人來說，魔法演算領域也堪稱是個黑盒子。

魔法式的輸出程序

❶從CAD接收啟動式，這個步驟稱為「讀取啟動式」。
❷在啟動式加入變數，送入魔法演算領域。
❸依照啟動式與變數構築魔法式。
❹將構築完成的魔法式，傳送到潛意識領域最上層暨意識領域最底層的「基幹」，從意識與潛意識之間的「閘門」輸出到情報體次元。
❺輸出到情報體次元的魔法式，會干涉指定座標的個別情報體進行改寫。

「實用等級」魔法師的標準，是在施展單一系統暨單一工序的魔法時，於半秒內完成這些程序。

魔法的評價基準（魔法力）

構築想子情報體的速度是魔法的處理能力、
構築情報體的規模上限是魔法的容納能力、
魔法式改寫個別情報體的強度是魔法的干涉能力，
這三項能力總稱為魔法力。

始源碼假說

主張「加速、加重、移動、振動、聚合、發散、吸收、釋放」四大系統八大種類的魔法，各自擁有正向與負向共計十六種基礎魔法式，以這十六種魔法式搭配組合，就能構築所有系統魔法的理論。

系統魔法

歸類為四大系統八大種類的魔法。

系統外魔法

並非操作物質現象，而是操作精神現象的魔法統稱。
從使喚靈異存在的神靈魔法、精靈魔法，或是讀心、靈魂出竅、意識操控等，包括的種類琳琅滿目。

十師族

日本最強的魔法師集團。一条、一之倉、一色、二木、二階堂、二瓶、三矢、三日月、四葉、五輪、五頭、五味、六塚、六角、六鄉、六本木、七草、七寶、七夕、七瀨、八代、八朔、八幡、九島、九鬼、九頭見、十文字、十山共二十八個家系，每四年召開一次「十師族甄選會議」，選出的十個家系就稱為「十師族」。

含數家系

如同「十師族」的姓氏有一到十的數字，「百家」之中的主流家系姓氏也有十一以上的數字，例如「『千』代田」、「『五十』里」、「『千』葉」家。
數字大小不代表實力強弱，但姓氏有數字就代表血統純正，可以作為推測魔法師實力的依據之一。

失數家系

亦被簡稱「失數」，是「數字」遭受剝奪的魔法師族群。
昔日魔法師被視為兵器暨實驗樣本的時候，評定為「成功案例」得到數字姓氏的魔法師，要是沒有立下「成功案例」應有的成績，就得接受這樣的烙印。

各式各樣的魔法

● 悲嘆冥河
凍結精神的系統外魔法。凍結的精神無法命令肉體死亡，
中了這個魔法的對象，肉體將會隨著精神的「靜止」而停止、僵硬。
依照觀測，精神與肉體的相互作用，也可能導致部分肉體結晶化。

● 地鳴
以獨立情報體「精靈」為媒介振動地面的古式魔法。

● 術式解散
把建構魔法的魔法式，分解為構造無意義的想子粒子群的魔法。
魔法式作用於伴隨事象而來的情報體，基於這種性質，魔法式的情報結構一定會曝光，無法防止外力進行干涉。

● 術式解體
將想子粒子群壓縮成塊，不經由情報體次元直接射向目標物引爆，摧毀目標物的啟動式或魔法式這種紀錄魔法的想子情報體，屬於無系統魔法。
即使歸類為魔法，但只是一種想子砲彈，結構不包含改變事象的魔法式，因此不受情報強化或領域干涉的影響。此外，砲彈本身的壓力也足以反彈演算干擾的影響。由於完全沒有物理作用力，任何障礙物都無法防堵。

● 地雷原
泥土、岩石、砂子、水泥，不拘任何材質，
總之只要是具備「地面」概念的固體，就能施以強力振動的魔法。

● 地裂
由獨立情報體「精靈」為媒介，以線形壓潰地面，
使地面乍看之下彷彿裂開的魔法。

● 乾冰雹暴
聚集空氣中的二氧化碳製作成乾冰粒，
將凍結過程剩餘的熱能轉換為動能，高速射出乾冰粒的魔法。

● 迅襲雷蛇
在「乾冰雹暴」製造乾冰顆粒時，凝結乾冰氣化產生的水蒸氣，
溶入二氧化碳氣體使其形成高導電霧，再以振動系與釋放系魔法產生摩擦靜電。以溶入碳酸的水霧或水滴為導線，朝對方施展電擊的組合魔法。

● 冰霧神域
振動減速系廣域魔法。冷卻大容積的空氣並操縱其移動，
造成廣範圍的凍結效果。
簡單來說，就像是製造超大冰箱一樣。
發動時產生的白霧，是在空中凍結的冰或乾冰。
但要是提升層級，有時也會混入凝結為液態氮的霧。

● 爆裂
將目標物內部液體氣化的發散系魔法。
如果是生物就是體液氣化導致身體破裂，
如果是以內燃機為動力的機械就是燃料氣化爆炸。
燃料電池也不例外。即使沒有搭載可燃的燃料，無論是電池液、油壓液、冷卻液或潤滑液，世間沒有機械不搭載任何液體，因此只要「爆裂」發動，幾乎所有機械都會毀損而停止運作。

● 亂髮
不是指定角度改變風向，而是為了造成「絆腳」的含糊結果操作氣流，以極接近地面的氣流促使草葉纏住對方雙腳的古式魔法。只能在草長得夠高的原野使用。

魔法劍

使用魔法的戰鬥方式，除了以魔法本身為武器作戰，還有以魔法強化、操作武器的技術。
以魔法配合槍、弓箭等射擊武器的術式為主流，不過在日本，劍技與魔法組合而成的「劍術」也很發達。
現代魔法與古式魔法兩種領域，都開發出堪稱「魔法劍」的專用魔法。

1.高頻刃

高速振動刀身，接觸物體時傳導超越分子結合力的振動，將固體局部液化之後斬斷的魔法。和防止刀身自我毀壞的術式配套使用。

2.壓斬

使劍尖朝揮砍方向的水平兩側產生排斥力，將劍刃接觸的物體像是左右推壓般割斷的魔法。排斥力場細得未滿一公釐，強度卻足以影響光波，因此從正面看劍尖是一條黑線。

3.童子斬

被視為源氏祕劍而相傳至今的古式魔法。遙控兩把刀再加上手上的刀，以三把刀包圍對手並同時砍下的魔法劍技。以同音的「童子斬」隱藏原本「同時斬」的意義。

4.斬鐵

千葉一門的祕劍。不是將刀視為鋼塊或鐵塊，而是定義為「刀」這種單一概念，依循魔法式所設定的刀路而動的移動系統魔法。被定義為單一概念的「刀」如同單分子結晶之刃，不會折斷、彎曲或缺角，將會沿著刀路劈開所有物體。

5.迅雷斬鐵

以專用武裝演算裝置「雷丸」施展的「斬鐵」進化型。將刀與劍士定義為單一集合概念，因此從接觸敵人到出招的一連串動作，都能毫無誤差地高速執行。

6.山怒濤

以全長一八〇公分的大型專用武器「大蛇丸」所施展的千葉一門的祕劍。將己身與刀的慣性減低到極限並高速接近對手，在交鋒瞬間將至今消除的慣性疊加，提升刀身慣性後砍向對方。這股偽造的慣性質量和助跑距離成正比，最高可達十噸。

7.薄翼蜻蜓

將奈米碳管編織為厚度十億分之五公尺的極致薄膜，再以硬化魔法固定為全平面而化為刀刃的魔法。薄翼蜻蜓製成的刀身比任何刀劍或剃刀都要銳利，但術式不支援揮刀動作，因此術士必須具備足夠的刀劍造詣與臂力。

魔法技能師開發研究所

西元二〇三〇年代，日本政府因應第三次世界大戰當前而緊張化的國際情勢，接連設立開發魔法師的研究所。研究目的不是開發魔法，始終是開發魔法師，為了製造出最適合使用所需魔法的魔法師，基因改造也在研究範圍。

魔法技能師開發研究所設立了第一至第十共十所，至今依然有五所運作中。

各研究所的細節如下所述：

魔法技能師開發第一研究所

二〇三一年設立於金澤市，現在已關閉。

開發主題是進行對人戰鬥時直接干涉生物體的魔法。氣化魔法「爆裂」是衍生形態之一。不過，操作人體動作的魔法可能會引發傀儡攻擊（操作他人進行的自殺式恐怖攻擊），因此禁止研發。

魔法技能師開發第二研究所

二〇三一年設立於淡路島，運作中。

和第一研的主題成對，開發的魔法是干涉無機物的魔法。尤其是關於氧化還原反應的吸收系魔法。

魔法技能師開發第三研究所

二〇三二年設立於厚木市，運作中。

目的是開發出能獨力應付各種狀況的魔法師，致力於多重演算的研究。尤其竭力實驗測試可以同時發動、連續發動的魔法數量極限，開發可以同時發動複數魔法的魔法師。

魔法技能師開發第四研究所

詳情不明，推測位於前東京都與前山梨縣的界線附近，設立時間則估計是二〇三三年。現在宣稱已經關閉，而實際狀況也不明。只有前第四研不是由政府，是對國家具備強大影響力的贊助者設立。傳聞現在該研究所從國家獨立出來，接受贊助者的支援繼續運作，也傳聞該贊助者實際上從二〇二〇年代之前就經營著該研究所。

據說其研究目標是試圖利用精神干涉魔法，強化「魔法」這種特異能力的源泉，也就是魔法師潛意識領域的魔法演算領域。

魔法技能師開發第五研究所

二〇三五年設立於四國的宇和島市，運作中。

研究的是干涉物質形狀的魔法。主流研究是技術難度較低的流體控制，但也成功研究出干涉固體形狀的魔法。其成果就是和USNA共同開發的「巴哈姆特」。加上流體干涉魔法「深淵」，該研究所開發出兩個戰略級魔法，是國際聞名的魔法研究機構。

魔法技能師開發第六研究所

二〇三五年設立於仙台市，運作中。

研究如何以魔法控制熱量。和第八研同樣偏向是基礎研究機構，相對的缺乏軍事色彩。不過除了第四研，據說在魔法技能師開發研究所之中，第六研進行基因改造實驗的次數最多（第四研實際狀況不明）。

魔法技能師開發第七研究所

二〇三六年設立於東京，現在已關閉。

主要開發反集團戰鬥用的魔法，群體控制魔法為其成果。第六研的軍事色彩不強，促使第七研成為兼任戰時首都防衛工作的魔法師開發研究設施。

魔法技能師開發第八研究所

二〇三七年設立於北九州市，運作中。

研究如何以魔法操作重力、電磁力與各種強弱不同的交互作用力。基礎研究機構的色彩比第六研更濃厚，但是和國防軍關係密切，這一點和第六研不同。部分原因在於第八研的研究內容很容易連結到核武開發，在國防軍的保證之下，才免於被質疑暗中開發核武。

魔法技能師開發第九研究所

二〇三七年設立於奈良市，現在已關閉。

研究如何將現代魔法與古式魔法融合，試圖藉由讓現代魔法吸收古式魔法的相關知識，解決現代魔法不擅長的各種課題（例如模糊不明確的術式操作）。

魔法技能師開發第十研究所

二〇三九年設立於東京，現在已關閉。

和第七研同樣兼具防衛首都的目的，研究如何在空間產生虛擬結構物的領域魔法，作為遭遇高火力攻擊的防禦手段。各式各樣的反物理護壁魔法為其成果。

此外，第十研試圖使用不同於第四研的手段激發魔法能力。具體來說，他們致力開發的魔法師並非強化魔法演算領域本身，而是能讓魔法演算領域暫時超頻，因應需求使用強力的魔法。但是成功與否並未公開。

除了上述十間研究所，開發元素家系的研究所從二〇一〇年代運作到二〇二〇年代，但現今全部關閉。此外，國防軍在二〇〇二年設立直屬於陸軍總司令部的祕密研究機構，至今依然獨自進行研究。九島烈加入第九研之前，都在這個研究機構接受強化處置。

戰略級魔法師

現代魔法是在高度科技之中培育而成，
因此能開發強力軍事魔法的國家有限，
導致只有少數國家能開發匹敵大規模破壞武器的戰略級魔法。
不過，開發成功的魔法會提供給同盟國，
高度適合使用戰略級魔法的同盟國魔法師，也可能認證為戰略級魔法師。
在二〇九五年四月，各國認定適合使用戰略級魔法，並且對外公開身分的魔法師共十三名。
他們被稱為「十三使徒」，公認是世界軍事平衡的重要因素。
在二一〇〇年的時間點，各國公認的戰略級魔法師如下所述：

USNA

■安吉．希利鄔斯：「重金屬爆散」
■艾里歐特．米勒：「利維坦」
■羅蘭．巴特：「利維坦」
※其中只有安吉．希利鄔斯任職於STARS。
艾里歐特．米勒位於阿拉斯加基地，羅蘭．巴特位於國外的直布羅陀基地，
兩人基本上不會出動。

新蘇維埃聯邦

■伊果．安德烈維齊．貝佐布拉佐夫：「水霧炸彈」
※二〇九七年被推定已經死亡，但是新蘇聯否定這個猜測。
■列昂尼德．肯德拉切科：「大地紅軍」
※肯德拉切科年事已高，基本上不會離開黑海基地。

大亞細亞聯盟

■劉麗蕾：「霹靂塔」
※劉雲德已於二〇九五年十月三十一日的對日戰鬥中戰死。

印度、波斯聯邦

■巴拉特．錢德勒．坎恩：「神焰沉爆」

日本

■五輪 澪：「深淵」
■一条將輝：「海爆」
※二〇九七年由政府認定是戰略級魔法師。

巴西

■米吉爾．迪亞斯：「同步線性融合」
※魔法式為USNA提供。二〇九七年之後音訊全無，但是巴西否認這個說法。

英國

■威廉．馬克羅德：「臭氧循環」

德國

■卡拉．施米特：「臭氧循環」
※臭氧循環的原型，是分裂前的歐盟因應臭氧層破洞而共同研發的魔法，
後來由英國完成，依照協定向前歐盟各國公開魔法式。

土耳其

■阿里．夏亨：「巴哈姆特」
※魔法式為USNA與日本所共同開發完成，由日本主導提供。

泰國

■梭姆．查伊．班納克：「神焰沉爆」
※魔法式為印度、波斯聯邦提供。

STARS簡介

USNA軍統合參謀總部直屬魔法師部隊。共有十二部隊，
隊員依照星星的亮度分成不同階級。
部隊長各自獲頒一等星的稱號。

●STARS的組織體系

- 國防部參謀總部
  - STARS基地司令
    - STARS總隊長
      - 第一隊
      - 第二隊
      - 第三隊
      - 第四隊
      - 第五隊
      - 第六隊
      - 第七隊
      - 第八隊
      - 第九隊
      - 第十隊
      - 第十一隊
      - 第十二隊
    - PLANET STAFF
  - STARS總隊長
  - PLANET STAFF
  - STARDUST

1. 各部隊地位沒有高低之別。
2. 指揮權集中在總隊長，但實際上經常由基地司令下令。
3. 各隊隊長底下配屬恆星級、星座級、行星級、衛星級的隊員。總隊長沒有直屬部下。
4. 「PLANET STAFF」是以行星級成員組成的支援部隊。有時候不會動用恆星級隊員，只派出PLANET STAFF。
希兒薇雅隸屬於PLANET STAFF。
5. STARDUST分發的基地不同。

企圖暗殺總隊長安吉·希利鄔斯的隊員們

●亞歷山大·艾克圖魯斯
第三隊隊長。上尉。繼承相當純正的北美大陸原住民血統。
和雷谷魯斯並列為本次叛亂的主嫌。

●雅各·雷谷魯斯
第三隊一等星級隊員。中尉。擅長使用近似步槍的武裝演算裝置發射
高能量紅外線雷射彈「雷射狙擊」。

●夏綠蒂·貝格
第四隊隊長。上尉。比莉娜大十歲以上，卻因為階級不如莉娜而心懷不滿。
和莉娜相處得不太好。

●佐伊·斯琵卡
第四隊一等星級隊員。中尉。東洋血統的女性。使用的是投擲尖細力場的「分子切割投擲槍」，
堪稱「分子切割」的改編版。

●蕾拉·迪尼布
第四隊一等星級隊員。少尉。北歐血統的高䠷窈窕女性。
擅長短刀搭配手槍的複合攻擊。

魔法人聯社（Magian Company）

國際互助組織「魔法人協進會（Magian Society）」於二一〇〇年四月二十六日設立的一般社團法人，主要功能是以具體行動實現該協進會的目的——魔法資質擁有者的人權自衛。根據地設於日本的町田，由司波深雪擔任理事長，司波達也擔任常務理事。

成立已久的魔法協會也是類似的國際組織，不過魔法協會的主要目的是保護實用等級的魔法師，相對的，魔法人聯社是協助擁有魔法資質的人（無論在軍事上是否有用）開拓大顯身手的管道，屬於非營利法人。具體來說預定朝兩個方向拓展事業，分別是傳授魔法人實務知識的魔法師非軍事職業訓練事業，以及介紹工作使其一展長才的非軍事職業介紹事業。

FEHR

政治結社「Fighters for the Evolution of Human Race」（人類進化守護戰士）的簡稱。是在二〇九五年十二月為了對抗逐漸激進的「人類主義者」而設立。總部座落在溫哥華，代表人蕾娜．費爾別名「聖女」，擁有超凡的領袖氣質。和魔法人協進會一樣，該結社的目的是從反魔法主義的魔法師排斥運動保護魔法師的安全。

反應護甲

被前第十研驅逐的失數家系「十神」的魔法。是一種個體裝甲魔法，裝甲一受損就會重新建構，同時獲得「和受損原因相同種類的攻擊」的抵抗力。

FAIR

表面上和FEHR相同，是在USNA進行活動，為了保護同胞而對抗反魔法主義者的團體。然而實際上是鄙視無法使用魔法的人們，為了自身權利不惜動用暴力的魔法至上主義激進派集團。不為人知的正式名稱是「Fighters Against Inferior Race」。

進人類戰線

原本是被FEHR領袖蕾娜．費爾感化的日本人所設立的團體，目的是保護魔法師不被反魔法主義迫害。不同於反對訴諸暴力的FEHR，該團體認為如果政治或法律無意阻止魔法師遭受迫害，某種程度的違法行為是必要手段。創立時的首任領袖斷然發起的示威行動，使得該團體一度被迫解散，後來重新集結成為地下組織。名稱不是「新人類」而是「進人類」，反映該團體「魔法師不只是新世代的人類，更是進化後的人類」的自我意識。

聖遺物

擁有魔法性質的歐帕茲總稱。分別具備特有性質，長久以來就算使用現代技術也難以重現。出土地點遍布世界各地，包括阻礙魔法發動的「晶陽石」或是性質上可以儲存魔法式的「瓊勾玉聖遺物」等等，種類繁多。「瓊勾玉聖遺物」解析完畢之後，成功複製出可以儲存魔法式的聖遺物。人造聖遺物「儲魔具」成為恆星爐運作的系統核心。

成功製作人造聖遺物的現在，聖遺物依然有許多未解之謎，國防軍與國立魔法大學等機構持續進行研究。

The International Situation

二一〇〇年現在的世界情勢

以全球寒冷化為直接契機的第三次世界大戰——二十年世界連續戰爭大幅改寫了世界地圖。世界現狀如下所述：

USA合併了加拿大以及墨西哥到巴拿馬等各國，組成北美利堅大陸合眾國（USNA）。

俄羅斯再度吸收烏克蘭與白俄羅斯，組成新蘇維埃聯邦（新蘇聯）。

中國征服緬甸北部、越南北部、寮國北部以及朝鮮半島，組成大亞細亞聯盟（大亞聯盟）。

印度與伊朗併吞中亞各國（土庫曼、烏茲別克、塔吉克、阿富汗）以及南亞各國（巴基斯坦、尼泊爾、不丹、孟加拉、斯里蘭卡），組成印度、波斯聯邦。

司波達也成就了個人對抗國家的偉業。二一〇〇年，斯里蘭卡在IPU與英國的承認之下獨立，在獨立的同時，魔法師國際互助組織「魔法人協進會」在該國創設總部。

亞洲阿拉伯其餘國家，分區締結軍事同盟，對抗新蘇聯、大亞聯盟以及印度、波斯聯邦三大國。

澳洲選擇實質鎖國。

歐洲整合失敗，以德國與法國為界分裂為東西兩側。東歐與西歐也沒能各自整合為單一國家，團結力不如戰前。

非洲各國半數完全消滅，倖存的國家也只能勉強維持都市周邊的統治權。

南美除了巴西，都處於地方政府各自為政的小國分立狀態。

【1】鑰匙

北美利堅西部沙斯塔山出土的八角形小石板「指南針」指引的地點，是中亞細亞烏茲別克的圖達庫爾湖。位於該處的新遺物推測和香巴拉有關。

香巴拉是藏傳佛教聖典《時輪怛特羅》記載的傳說王國名稱。原本是出自印度教民俗文學的理想鄉，不過藏傳佛教的香巴拉傳說比較廣為流傳世間。歐美神祕主義者追尋的香巴拉是在藏傳佛教的內容加入自己的解釋，經常和十九世紀後半創作的地底世界「雅戈泰」劃上等號。

印度民俗傳承的香巴拉和藏傳佛教的香巴拉，在性質上有著完全相反的部分，這種狀況在神話之類的傳說很常見。印度相傳英雄王迦樂季重整正確的身分制度建設和平秩序的理想鄉，藏傳佛教的聖典說明聖王迦樂季廢止身分制度建設人民平等的王國。

此外，某個傳說述說香巴拉之王迦樂季動員了使用強力兵器的無敵軍團在最終戰爭獲勝，二十世紀中葉的狂熱獨裁者探索香巴拉，恐怕就是為了這種武器。

達也等人尋找香巴拉的遺跡，就某種意義來說是各種巧合累積的結果。他們不像是二十世紀惡名昭彰的兩名獨裁者那樣懷抱著使用超級兵器稱霸世界的野心，也不像是神祕主義者那樣想要尋求「真理」。

——企圖從達也等人那裡竊取人造聖遺物的魔法師罪犯集團FAIR，在美國西岸濫用魔法引發恐攻事件，所以他們為了維護魔法師的社會評價而鎮壓這個事件，連帶發現疑似是香巴拉地圖的遺物，挖掘出指示特定地點的魔法遺物「指南針」。

那場恐攻事件利用了隱含魔法性質力量的遺物，為了避免發生同樣的事件，也為了滿足自身的魔法學求知慾，達也他們決定自行尋找香巴拉的遺跡——這就是整件事的原委。

進行探索的結果，這次取得的遺物是白色石製圓盤。尺寸比「指南針」大兩號左右。即使一直埋沒在砂礫形成的水中崖壁，圓盤的外型卻是毫無缺損的完美圓形。不只如此，表面連細微的刮傷都找不到。從材質來看明顯不是普通的石盤。

只不過，新遺物的表面並非完全平坦。雖然沒損傷卻施加雕刻。正確來說一面是浮雕，另一面是沉雕。

沉雕的圖樣是八葉蓮。

浮雕的圖樣是在大圓圈內部相鄰的三個圓圈。三個圓圈相鄰排列成正三角形再圍上一個大圓圈的設計。和現代在西元一九三五年簽訂的洛里奇協定——國際文化遺產保護協定的知名標誌符號「和平旗」一樣。

就算這麼說，但達也不認為這個小圓盤是二十世紀之後製作的物品。

主導國際文化遺產保護協定，後來該協定的簡稱也以他為名的尼古拉斯．洛里奇，不只是藝術家以及文化活動家，另一面也是知名的香巴拉研究者。雖然知名程度不如藝術領域與文化活動領域，但是在解析香巴拉之謎的人們之間，認定他是二十世紀最接近香巴拉真相的西洋人。

在洛里奇的紀念館，主張「和平旗」源自於古代就存在的標誌符號。實際上，三個圓相鄰排列的這種設計，在日本也能在伊勢神宮深處或是出雲大社的古老建物找到。

除了這些間接證據，達也還基於一個根據判斷這個小圓盤是香巴拉的遺物。只要將這個圓盤的浮雕面朝下，再放上「指南針」輸入想子，圓盤就會上浮產生少許縫隙。不只是上浮，還會朝著固定的方向移動。既然親眼目睹達也實際示範，深雪與莉娜也不得不承認圓盤的雕刻不是二十世紀設計的圖樣，而是從古代傳承至今的標誌。

◇　◇　◇

達也、深雪、莉娜加上花菱兵庫共四人，在「鑰匙」（他們決定如此稱呼白色石製圓盤。莉娜說是「解開謎題之鑰」的意思）的引導之下，造訪布哈拉市區西部的歷史遺產「伊斯瑪儀．薩曼尼陵墓」。

雖說是「引導」，卻不是一直線被帶領到該處。向錢德拉塞卡借用露營車的四人跑遍市區，用了三次「指南針」與「鑰匙」才在地圖上鎖定這個場所。

「……人好多！」

下車在薩曼尼陵墓各處行走三十分鐘，莉娜不耐煩地輕聲表達不滿。

「這裡是知名的觀光勝地，所以也沒辦法。」

安撫她的深雪也難掩煩躁模樣。

客觀來看，相較於他們所住東京的鬧區，這裡的人口密度比較低。不過觀光客釋放出各種被興奮心情活化的想子充斥於這一帶，妨礙他們進行魔法性質的探測。

對於正在全神貫注尋找遺物氣息的深雪與莉娜來說，等於是周圍充滿裊裊薄霧的狀態。她們並非無緣無故展露不悅感。

「達也，『指南針』與『鑰匙』都沒反應嗎？」

「反應太薄弱，不算是有效的情報。」

「啊啊，是喔……」

莉娜露出虛脫表情仰望天空。頭上是和她心情成為對比的遼闊藍天。不是萬里無雲，像是辯解般唯一浮在天空的白雲更加挑起莉娜的怒火。

「雖然這麼說，卻不是毫無反應。只能土法煉鋼到處行走尋找反應。」

「土法煉鋼……」

達也補充的這段話，使得莉娜露出更虛脫的表情垂頭喪氣。

「……那個，達也大人。請問『指南針』與『鑰匙』是哪一邊有反應？」

深雪這個問題，是為了幫明顯消沉得令人同情的莉娜排解鬱悶心情，並不是真正好奇這兩個遺物的哪一個幫得上忙。

「哪一邊嗎……」

反倒是被她這麼問的達也開始感興趣。

達也從兩側口袋取出「指南針」與「鑰匙」。

之所以分開放，是為了降低兩者意外地相互作用產生麻煩效果的可能性。之所以沒包裝直接放在口袋，是為了方便隨時拿出來使用。

達也右手拿著「指南針」，左手拿著「鑰匙」，站著不動兩到三秒。

「……是『鑰匙』。」

他回答深雪的問題，同時稍微皺眉。

「達也大人。」

同時兵庫脫口而出的話語帶著警告的音調。

「我知道。」

達也輕聲回應，沒做出點頭之類的明顯反應。

深雪也沒露出吃驚或不安的舉止，神色自然地走到達也的身旁。

「發生了什麼事？」

然後她以若無其事的表情詢問達也。

「有人在試探我們。」

「注意到我們嗎？」

和深雪一樣豎耳聆聽達也回答的莉娜忍不住大喊。莉娜在魔法戰鬥的實力和深雪不分上下，但是在裝出撲克臉或是客套笑容的演技明顯不如深雪。

「因為莉娜與深雪都很顯眼。」

「畢竟兩位都美若天仙啊。」

達也與兵庫接連說出像是搭訕的話語，原因無須多說，是要給偽裝失敗的莉娜一個台階下。平常的莉娜說出這種話肯定會更加顯眼。不過現在的莉娜與深雪，是以莉娜的「扮裝行列」變身為「普通水準」的美女。「美若天仙」這種字眼聽在外人耳裡，肯定只會被認為是常見的客套話。

「沒……沒那種事啦！」

——莉娜害臊地迅速回嘴，是順著兩人鋪好的台階下。為了她的名譽暫且在這裡解釋一下。

不過達也接著摟住深雪的腰抱過來，並不是搭訕的演技。

「——視線的目標與其說是我們，應該說是遺物。」

深雪睜大雙眼的同時反射性地克制不叫出聲，達也在她耳邊壓低音量補充剛才的說明。

「遺物——『指南針』與『鑰匙』嗎？」

深雪反問的音量和達也一樣小，但是語氣終究難以克制驚愕心情。即使如此，她依然不改靦腆表情——被稱讚而害羞的表情。

「若要補充說明對方給我的印象，感覺對方知道遺物的真面目。」

「……到底是什麼人呢？」

如前面所述，深雪與莉娜以「扮裝行列」變身成為不會太顯眼的容貌。達也以認知妨害魔法「冥隱」讓別人認不出他的真實身分。也可以推測單純是在國境處於緊張狀態的現況下對於外國人提高警覺。

但即使是這個原因，除了達也他們之外也還有許多外國觀光客。所以如果只有「他們」受到監視，包括偽裝被看穿的可能性在內，對方監視的理由令人在意。

然而如果引起注意的是「遺物」，監視者的性質也變得有限。大概是和達也他們同樣在尋找香巴拉的人，或是妨礙探索的陣營成員。無論如何，幾乎可以肯定對方擁有香巴拉的相關知識。

「應該是『相關人士』吧。這樣正合我意。」

「達也大人……？」

達也露出絕對不能形容為善良的笑容，不明就裡的深雪疑惑注視他。

達也的心思沒那麼難懂，也不是想到什麼彆扭的點子。如他自己所說，達也只是覺得這樣正合他的意思。

現在的達也等人完全缺乏情報。雖然已經明確定下「尋找香巴拉遺跡」這個目的，不過成為行動契機的遺物根本無法證明真的是和香巴拉有關的物品。來到布哈拉也不是基於確切的根據，只是因為遺物隱含的魔法特性指示了這個地點。

在這樣的狀況中，某人以非比尋常的強烈視線，看向他們在探索過程挖掘出的遺物。乍看只是形狀工整的黑色小石板以及刻著平凡圖樣的白色小石盤。不同於熟知發掘過程的達也，對方緊盯著只是存在於該處的遺物。達也認為對方肯定知道這是什麼東西，至少知道是具備何種性質的物品。這個推理絕對不算是過於異想天開。

不過達也從這個推理立刻擬定作戰，想從不知道是敵是友的對方奪取情報彌補不足之處，個性不惡劣的話很難做出這種事。基本上是「好孩子」的深雪肯定難以揣測這種心思。

「兵庫先生，這個遺跡有沒有哪個場所比較少人？」

聽到達也的問題，深雪與莉娜同時露出「咦？」的表情。這座伊斯瑪儀．薩曼尼陵墓是國際知名的觀光名勝。實際上現在往哪裡看都有許多觀光客走動，感覺不可能有人少的場所。

「這個嘛，記得屬下聽說那邊的綠地，觀光客很神奇地不會靠近。」

然而兵庫的回答更加深了她們的意外感。

「很不自然。」

「我也這麼認為。」

莉娜呢喃之後，深雪也輕聲回應。

許多人來來往往的觀光地，只有一個地方沒人接近。如果真的有這種場所，兩人認為或許是因為該處有「非屬自然的力量」產生作用。

「為求謹慎，我們去觀察看看吧？」

「不，就這麼直接過去。」

無視於深雪與莉娜的擔憂，達也繼續前進。他不惜冒著不確定的風險也選擇推動現狀。光是像隻無頭蒼蠅到處跑，連一點線索都無法獲得。達也在這個時間點理解到這一點，因此他要挑釁這個不知道是敵是友的監視者引發反應。

薩曼尼陵墓的境內——雖然不知道是否可以這麼說，不過在稍微遠離陵墓的這塊綠地確實沒有人影。達也毫不猶豫走進去，也沒有制止跟在後方的深雪與莉娜。

踏入綠地走不到十步的時候，發生異狀了。

「達也大人？」

「達也，這……」

周圍的景色突然改變。

「幻覺嗎？就我所『見』，這不是操作光線打造的幻影。深雪，妳看見什麼景色？」

「白色的……雪原？不，這是鹽嗎……？」

「莉娜妳呢？」

「我應該也一樣。這是鹽嗎……雪白的沙漠一望無際。」

「兵庫先生也是嗎？」

「是的，屬下也一樣。」

最後聽完兵庫的回答，達也像是理解般點頭。

「大家都一樣嗎……和魔法力無關，能讓人看見這麼明確的景象，看來不是普通的幻術。」

「達也大人也深陷幻影之中嗎？」

深雪以難掩打擊的語氣發問。

深雪也知道，幻術並非對達也無效。她聽達也親口說過練武時經常為八雲的幻術所苦，在唯一的一次實戰也差點嚐到苦果。

但是深雪同時知道，達也對於精神干涉系魔法也擁有高度抗性。

達也具備極堅硬外殼的精神。與生俱來的魔法「重組」，讓他體驗到普通人一輩子絕對不會經歷，匹敵數百人分的痛苦。不，或許是數千人分。其中肯定也有許多致命傷的劇痛。

無法在這種痛苦中死去，只能咬牙承受的達也因而意外獲得的精神強度，等同於完成了任何修行者都學不來的大量苦行。

昔日，智者告訴人們，中庸正是必要之道。

過度的苦行不會促成悟道，反而會遠離悟道。

如同不斷毆打稻草人的拳頭會變質硬化，受到過度苦行折磨的精神會形成過硬的外皮，失去悟道所需的柔軟性。打造出只有強悍可言，不是智者也不是王者的霸者。

達也的魔法讓他成為只有強悍可言的霸者。即使沒接受親生母親進行的人造魔法師實驗，達也也會在失去軟弱的同時失去人類應有的情感吧。或許反倒是因為被奪走許多強烈的情感，才免於失去唯一的真正情感。

相對的，達也獲得牢不可破的精神。如果是普通的精神干涉系魔法，無須使用對抗魔法也打擊不到他的精神。不對，起碼會造成打擊，卻不會造成危害。只會劃破薄薄的表皮，連血都不會流。

深雪的魔法師本質是強力的精神干涉系術士，她不只是靠著學習到的知識，也靠著本能的嗅覺理解到這一點。深雪甚至認為即使自己全力施放「悲嘆冥河」，說不定也會被達也反彈。

這樣的達也居然被這個或許是敵人的不明術士施展幻術囚禁而感到束手無策，深雪對此難以置信。

「我有『看見』白色沙漠的幻影。但我不知道是不是蜃。」

達也這句回答的表現方式不同於深雪的問題。

「不用擔心。我還是看得見現實。」

「啊，原來如此……」

深雪露出害羞表情看向下方。達也是在蓄意觀察幻影。她正確理解到達也的話語。

「看來敵方的魔法只是讓我們看見幻影。目前看不出企圖危害我們的徵兆。」

達也這邊則是理解並且忽略深雪的這個誤會。

「……既然沒有危害的意思，那麼對方不是敵人嗎？」

從達也話語感到不對勁的莉娜發問。

「只是沒有試圖造成精神上或肉體上的傷害。即使只是幻影，既然對方單方面施加幻覺，就可以歸類為敵人。」

「但是沒有實際的危害吧？」

「強制讓人看見幻影，等同於剝奪視野。也就是侵害『看的自由』。」

「啊啊，原來如此。那麼確實是敵人。」

信服的莉娜自言自語輕聲說「我也得小心才行」，大概因為她的「扮裝行列」也是強制讓人看見幻影的魔法吧。

「不過，這樣就沒了嗎？那麼這邊就沒必要一直配合下去了。」

另一方面，達也朝著只讓他們看見鹽粒沙漠（？）幻影的「敵人」表達不滿。

這一瞬間，變化來臨了。

「啊！」

莉娜首先出聲。

「那是……老鷹嗎？」

深雪自言自語般輕聲發問。

發生變化的時間點，簡直像是在回應達也的抗議。

他們面前突然出現白色的鷹。

白鷹沒有降落地面，而是在他們面前橫越之後再度飛上天空，然後開始在上空小幅度盤旋。

盤旋的圓心不在他們頭頂，看起來是在二、三十公尺遠的場所。

「總覺得那種飛行方式是在為我們帶路。」

「或許是在引誘我們上鉤。」

深雪與莉娜的看法成為對比，不過想說的是同一件事。

「像是小型石碑的物體埋沒在灌木叢。應該是在叫我們過去那裡——那就接受邀請吧。」

達也如此告知的同時，白色沙漠的幻影消失，回復為現實的景色。達也以「術式解散」擊破幻術了。

「沒必要繼續和幻影打交道。走吧。」

達也踏出腳步。

「……難道說達也剛才隨時都能解除幻術？」

「這種事沒什麼好驚訝的吧？」

莉娜以傻眼聲音低語，深雪得意洋洋地回應。

「──在這裡。」

達也停在灌木密集形成的天然籬笆前方，向深雪他們這麼說。

「這裡有這麼綠意盎然的場所還真是稀奇。」

「在這種觀光地居然完全沒人整理，不自然也要有個限度吧？」

深雪說完，莉娜接話表達不滿。

「達也大人，屬下不知道有這種場所。這裡施加了某種讓人們遠離的術式嗎？」

「看來是這樣沒錯。而且這裡的結界有定期檢修。」

達也對於兵庫的疑問如此回答，使得深雪與莉娜露出驚訝表情。

「意思是這裡有術士？剛才的幻術也是？」

表情變化特別明顯的莉娜追問達也。

「大概是同夥。」

從達也回答時的表情，不太能感覺到他對於術士的好奇心。

「……滿深的。」

他的注意力不在這裡，而是朝向這片樹叢的地底。

「雖說架設了驅人結界，現在挖掘應該還是很顯眼。晚上再來吧。」

達也轉過身去。

「遵命。」

深雪就像是早知如此，跟在達也身後離去。

停頓片刻之後，兵庫微微行禮並且跟上。

「——等一下啦！這樣可以嗎？」

但是莉娜叫住達也。她終究在意隔牆有耳所以音量不大，但語氣形容為「大喊」也不突兀。

「妳這麼問的意思是？」

「所以說！剛才不是有敵人對我們使用幻術嗎？」

達也反應薄弱，使得莉娜看起來心急如焚。

「結界似乎也維持運作。」

「可以扔著那些傢伙不管嗎？明明好不容易找到可能有東西的場所了！」

「如果妳擔心東西被人搶走，那就是想太多了。就我看來，這個場所的結界相當古老。如果對方想占為己有，那麼早就挖出來了。雖然也可能是因為我們來到這個場所才急著挖掘……不過擔心這種事也沒用。實際上的問題在於現在當場挖掘地面太顯眼了。」

「或許是這麼回事啦，可是……」

判斷「話說完了」的達也，再度踏出腳步離開現場。

莉娜依依不捨回頭看了灌木叢兩三次，追在達也身後。

◇◇◇

即使是知名遺跡，到了深夜也看不見觀光客的身影。相對的，偶爾看得見巡邏的士兵。

現在是國境地帶在軍事層面持續緊張的狀況，加上懷疑有特務暗中搞鬼，印度波斯聯邦軍以及下層組織的烏茲別克共和國軍都在各地加強警戒。布哈拉這裡也不例外。

不過這座都市距離產生衝突——或者說假裝產生衝突的國境比較遠，所以士兵的巡邏沒有那麼頻繁。在軍事重要性幾乎是零的這座遺跡，士兵真的是「偶爾」才出現。

達也他們四人鎖定巡邏的空檔來到遺跡。使用的不是原先那輛露營車，是當地人愛用的小型中古車。必要的話即使棄置路旁也不太會引人起疑的這輛車，是透過兵庫的人脈調度的。

「兵庫先生，請在這裡等候。」

「遵命。」

「莉娜幫忙保護車子與兵庫先生。」

「達也，你認為會開打嗎？」

「機率一半一半吧。」

達也如此回答莉娜的問題，打開副駕駛座的車門。

「深雪跟我來。」

下車的達也打開副駕駛座後方的車門。深雪不是坐在一般視為上賓座位的駕駛座後方，而是副駕駛座後方。因為無論發生車禍還是恐攻，靠近達也的座位都比較安全。

「是，達也大人。」

深雪牽著達也的手下車。

「深雪，雖然我不能一起去，但妳要小心喔。」

「達也大人和我在一起，所以我沒事的。要說有危險的反倒是莉娜妳吧？」

「這妳就真的不必擔心了。我好歹也是前任天狼星喔。」

移動腰部從車窗探頭的莉娜以及稍微彎腰的深雪，相互露出毫無危機感的笑容。

「果然是想太多嗎？」

達也原本擔心白天他們離開之後，石碑可能會被挖開，不過白鷹幻影引導的灌木叢維持著當時的樣貌。

「沒有敵方的氣息耶……」

和話語內容相反，深雪看似不安。或許是沒受到妨害反而令她疑神疑鬼。

「能用來推理對方意圖的材料太少了。現在先專心達成目的吧。」

「……也對。您說的沒錯。」

深雪的表情還留著不安的影子，但是晃動的雙眼回復平穩。

達也雖然對深雪說「專心達成目的」，不過挖出埋在地底的東西是他的工作。深雪的魔法不適合用來挖洞。

「深雪，麻煩『蒙眼』。」

「遵命。」

深雪回應達也的要求，發動意識誘導魔法完全覆蓋周圍區域。

她原本擅長的魔法不是振動減速系＝冷卻凍結魔法，而是精神干涉系統。直到高中生時代都有著難以駕馭自身能力的一面，但是在技術進步的現在，即使是「悲嘆冥河」以外的較弱魔法也逐漸能夠得心應手地使用。

說到展開幻影是莉娜比較擅長，但深雪設下「即使眼睛看見，意識也認定沒看見任何東西」的認知阻害魔法力場，回應達也的要求。

達也以情報體知覺能力「精靈之眼」確認「蒙眼」完成之後，開始進行挖掘作業。

密集的灌木中出現一條細細的道路。不是樹木如同童話般讓路給達也，而是達也分解了通往目標地點這條直線上的障礙物。

道路前方沒有任何東西。達也走到自己打造的小徑終點，停下腳步。

達也看向腳下的地面。緊接著，他的身體開始沉入地面。不對，是分解腳下的地面製作洞穴之後落下。

看不見達也全身的時候，深雪小跑步來到洞穴邊緣。她以稍微屈膝的姿勢窺視洞穴，行使氣流操作的魔法。

化為氣體的土——構成土的各元素分子被排出，達也周圍充滿新鮮的空氣。達也抬頭以眼神向深雪道謝，繼續落入地底深處。

星光早就看不見了。依照情報體知覺能力的估算，現在的深度達到三十公尺。可惜不知道抵達哪個時代的地層，說不定已經向下挖到數千年或是數萬年前的古老地層。

（這裡嗎？）

在稍微超過地下三十二公尺處，達也停止下降。

暫時注視洞穴側壁，在胸口高度伸出右手。

右臂逐漸鑽入側壁。手部動作比起向下挖洞的時候慎重得多。

深達手肘的時候，達也停止手臂動作。

不是將停止的手臂抽回來，而是以這個狀態發動魔法。

壁面出現一條橫坑。不是以右臂為中心的圓形坑洞，是比埋入的手臂長度更深一點的長方形坑洞。

坑洞盡頭是平坦的石壁。達也的右手放在石壁的光滑表面。

他從口袋取出小刀。

將刀刃插入石壁上方。

雖然光線完全射不到洞內，但是達也「看見」石壁上緣的細長縫隙。

刀刃稍微抵抗之後沉入石壁的縫隙。

達也以小刀用力掏挖。

向前方倒下的這塊石壁——這塊石板，達也以左手接住。

這塊石頭不是壁板，是蓋子。或者應該稱為「門」。

石板後方有個小小的祭壇。沒有照明也沒有供品。不過這個空洞感覺只適合稱為「祭壇」。祭壇供奉的是石製圓盤。和「鑰匙」的大小與形狀相同，顏色卻不同。雕刻八葉蓮與相鄰三圓圖樣的圓形石板，以像是玻璃般平滑的藍色材質製成。

達也帶著藍色石製圓盤與加蓋用的長方形石板回到地面。

以「跳躍」魔法回到地面的達也，使用「重組」回填洞穴並且讓灌木叢復原，回到莉娜與兵庫等待的自動車。深雪很在意達也手上的石板，但是在回到車上之前都避免發問。

「那個東西難道是之前那種石板？」

然後一上車就被莉娜搶先發問。但這不是莉娜的錯，所以深雪沒有表露不悅的情感。

此外莉娜說的「之前那種石板」，指的是在美國西岸沙斯塔山挖掘的「導師之石板」。魔法師只要使用這種出土物，就能習得記錄在石板的魔法。目前查明的案例只有一個，所以不知道整體來說列入哪些魔法。不過從這個案例來看，推測石板具有的是高階又強力的魔法。達也他們認為這是史書沒記載的未知魔法文明遺物。

「不，妳錯了。這不是『導師之石板』。雖然隱含魔法性質的力量，但只是表面刻了古式魔法的刻印。是稀奇卻不值得保密的魔法。」

只可惜達也的回答不是莉娜期待的內容。

「那麼探索失敗了？這趟白跑了？」

莉娜露出不是滋味的表情透露不滿。

「不是還有找到其他物品嗎？」

立刻發問的深雪語氣聽起來有點心急，或許是因為她希望這次絕對不能被搶先。

「有。就是這個。」

達也沒賣關子，拿出藍色的石製圓盤。

深雪與莉娜以額頭互貼的姿勢，看向放在達也手心的小石盤。

「是一樣的設計耶……背面也一樣？」

達也回應莉娜的要求，將石盤翻過來。

「……是不同色的『鑰匙』嗎？」

「『鑰匙』這種形容方式或許沒那麼失準。」

深雪以詢問方式進行的推測，達也間接回以贊同之意。

雖然這句回應有點難懂，不過深雪立刻露出「啊」的表情。

「這個石盤也動了嗎？」

對於深雪透露期待的這個問題，達也點頭回答「沒錯」。

「新的『鑰匙』顯示位於這裡的西方。」

「要立刻去看看嗎？」

莉娜有點急性子，深雪回應「今天已經很晚了」給她一個苦笑。

「我不想花太多時間。明天一大早就去看看吧。」

加上達也這樣打圓場，所以沒有當場起口角。

四人就這麼開車回到飯店。

◇◇◇

正如達也所說，隔天清晨，四人這次是開著露營車離開飯店。

藍色「鑰匙」引導他們前往布哈拉西方郊外，別名「死者之都」的古蹟之一——楚貝克爾。

在回教清真寺與宣禮塔林立的這塊土地，重複發生了和昨天陵墓類似的事情。

白色沙漠，鹽粒大地的幻影覆蓋達也等人的視野。一隻白鷹像是引導他們般在天空飛翔。

不知道是埋入還是被埋沒，隱藏在地底深處的祭壇。達也在該處獲得黃色的「鑰匙」。

回到飯店的達也、深雪與莉娜三人，在達也房間圍坐在桌旁。

桌上擺著白、藍、黃色的圓形石盤以及黑色的八角形石板。是在布哈拉這裡取得的三個「鑰匙」以及在沙斯塔山挖掘的「指南針」。

「沒動作耶……」

如同深雪以困惑聲音所說，「鑰匙」與「指南針」完全不動，直到昨天的一切宛如假象。不對，會動是會動，但是三個「鑰匙」只有相互牽引，不再做出引導眾人的動作。

「……也就是到此為止了？」

莉娜以難掩失望的聲音逕自發問。如果只從現在的狀況判斷，遺物的動作是為了收集這三個「鑰匙」。

「如果這些『鑰匙』是最後的終點，這個機關的規模太大了。肯定有下一階段才對。」

達也的話語聽起來是一廂情願，卻不是毫無根據的願望。

「指南針」的作用範圍是全球規模。相較之下，找到的三個「鑰匙」感覺不到多大的價值。

雖然好像隱藏某種力量，但是完全沒有傳達出之前對於「導師之石板」抱持的那種危機感。

「應該是接下來要求我們自己推理。明天之後要怎麼做，可以給我一個晚上思考嗎？」

「請思考到您可以接受的程度。我會遵從達也大人的吩咐。」

深雪間不容髮如此回答。反應快得像是在強調「不接受異議」。

「……只不過是一個晚上，用不著特地這樣知會吧？因為方針是交給你決定的。」

莉娜的語氣變得有點粗魯，或許是被深雪笑容滿面的魄力震懾的結果。

「那麼達也大人，晚安。」

「達也，明天見。」

深雪恭敬行禮，莉娜隨意揮手之後，兩人回到自己的房間。

◇◇◇

隔天早上。將深雪與莉娜叫來自己房間，吃完客房服務送來的早餐之後，達也在桌上打開布哈拉的地圖。地圖是以投影機投射在鋪上白布的桌面，所以或許不是「打開」，形容為「映出」比較貼切。

地圖上放著藍色「鑰匙」與黃色「鑰匙」。是對應各自出土場所的位置。白色「鑰匙」依然握在達也手中。

「首先令我在意的是當時找到白色『鑰匙』和另外兩色時的狀況差異。」

「狀況差異？埋在地底以及埋在湖裡的差異嗎？」

聽到莉娜毫不客氣的這個問題，達也語帶保留回應「也包括這部分」點點頭。

「既然不只是場所……那麼是保管狀態的差異嗎？」

「是的。我比較在意這一點。」

對於深雪的推測，達也明確點頭回應。

「藍色與黃色這兩者放置在專門用來保管的場所，甚至還妥善加蓋。反觀白色『鑰匙』就只是塞進土裡。」

「相較於另外兩者，白色『鑰匙』簡直像是慌張藏起來……」

「我不知道是否慌張，但妳說『藏起來』應該沒錯。」

達也再度點頭回應深雪的推測。

「──達也，難道你認為白色『鑰匙』原本位於別的場所？」

「雖然不知道是不是被移走，不過原本應該位於別的場所。我認為這個想法是推理下一個探索地點的鑰匙。」

達也刻意將「線索」說成「鑰匙」。

「別賣關子，快說結論給我們聽吧。達也你認為在哪裡？」

「這裡。」

達也說著將白色「鑰匙」放在郊外西北方的某處。

三個「鑰匙」因而在地圖上成為正三角形。

過於完美的結果使得深雪與莉娜睜大雙眼。

「──達也大人，我也想請教理由。」

深雪略顯顧慮要求說明。

「依照我們日本人熟悉的五行論點，藍色在東方，黃色是中央，白色是西方。」

達也說著將白色「鑰匙」移動到藍色與黃色「鑰匙」筆直連成的延長線上。

「不過在這次成為探索根據的《時輪怛特羅》，內容記載的曼陀螺配置不太一樣。藍色在東方，黃色在西方，白色在北方。」

達也從地圖上拿起白色「鑰匙」。

「而且將相鄰的三個圓形中心連結起來會成為正三角形。連結薩曼尼陵墓與楚貝克爾的直線是正三角形的其中一邊，至於正三角形的北側頂點就在這裡。」

達也將白色「鑰匙」放回最初擺放的位置。

深雪當然不用說，莉娜也沒有任何反駁。

「……所以這個地點有什麼？」

注視地圖一陣子的深雪詢問達也。

「ＩＰＵ聯邦魔法大學的烏茲別克分校。」

達也的回答使得深雪與莉娜目瞪口呆。

【2】遺跡

八月十八日，星期三。在楚貝克爾獲得黃色「鑰匙」的隔天晚上。達也一行人來到布哈拉的西北方郊外。

從車上看得見兩所大學。一所是布哈拉州立大學生物技術分校，另一所是戰後開校的ＩＰＵ聯邦魔法大學烏茲別克分校。

錢德拉塞卡執教的海德拉巴大學是包括魔法學系與魔法工學系的綜合大學。相較之下，聯邦魔法大學是以培育魔法師為目的的專科大學。說到印度波斯聯邦的魔法研究最高峰就會提到海德拉巴大學，不過提供最多魔法師給聯邦政府的是聯邦魔法大學。

ＩＰＵ在戰後立刻被迫必須對抗新蘇聯與大亞聯盟而形成聯邦國家。主導統合的是戰時從伊朗改名的西亞強國——波斯，以及南亞之雄——印度。這一點反映在現在的國名。

聯邦成立之後，印度與波斯一直在ＩＰＵ內部爭權奪利。對於波斯派系來說，魔法人材聚集在海德拉巴大學令他們感到不是滋味。站在印度派系的立場，他們不樂見敵對派系因為這種事情鬧彆扭。ＩＰＵ聯邦魔法大學基於這個背景，在構成聯邦的各國設立分校。

達也等人的目的是潛入聯邦魔法大學尋找香巴拉的遺跡，至少也要獲得相關的線索。雖然這麼說，但是無從證實他們要找的東西就在這裡。鎖定這個場所單純是推理結果，過於缺乏根據。原本打算收集更多材料佐證推理，潛入之前也要做好萬全的準備。

之所以沒這麼做，是因為突然有了趕時間的理由。今天上午，達也向深雪與莉娜說明關於下一個目的地的推理，並且收齊潛入所需的情報時，在日本留守的藤林打電話催促他們回國。

以魔法人協進會與ＦＥＨＲ的簽署儀式為名目離開日本至今已經半個月。達也與深雪還是學生身分，同時在日本魔法界也擁有社會地位，兩人這次不在日本的期間太長了。以達也的狀況，將他視為軍事力仰賴的（幕後）掌權者們也開始出現心情不悅的徵兆。

其實達也自己也覺得「待在國外的時限差不多快到了」。所以雖然準備不夠充分，但還是決定在今晚潛入。

「兵庫先生。要是察覺危險，請不用在意我們直接離開現場。」

「遵命。到時候屬下會在老地方等待。達也大人、深雪大人、理奈大小姐，請保重。」

在車上的兵庫目送之下，達也等三人前往聯邦魔法大學。

◇　◇　◇

對於三人來說，潛入大學境內不是難事。雖然配置了保全裝置防範魔法的使用，但是達也他們輕易過關。達也原本就擅長不被別人感應到魔法發動的技術，深雪取回先前用來封印達也的魔法控制力之後再也不會洩漏多餘的想子波，莉娜的「扮裝行列」對於感應器也有效。即使是比這裡設置的感應器更加敏銳，例如軍事設施具備的保全裝置，肯定也無法偵測到三人入侵。

然而——

「被盯上了。」

為了得到遺跡的反應，從腰包取出三個「鑰匙」的下一剎那，達也以毫無起伏的語氣呢喃。

這句話像是自言自語，卻明顯是說給深雪與莉娜聽的。

深雪默默提高警覺，莉娜低聲問「哪裡？」迅速環視周圍。

「那裡。」

達也沒動手，以視線回答莉娜的問題。

他看向三層樓建築的校舍樓頂。

「要去嗎？」

「不。」

深雪詢問是否要試著和監視者接觸，達也不動聲色給予否定的回應。

「這些東西對別的場所起反應。」

達也說的「這些東西」是白、藍、黃色的「鑰匙」。依照事前的預測，他認為只有白色鑰匙會在這個場所起反應，然而實際上三個「鑰匙」都顯示強烈反應。

在校區圍牆外側沒出現這種反應，由此可知這所大學存在著某種和「鑰匙」相關的機關。應該是某種結界之類的。

不知道這個機關是設置在圍牆還是土地本身，不過魔法大學分校蓋在這塊土地，達也推測這恐怕不是巧合。不知道政府、官僚、學校相關人員還是當地的地主，總之在決定建設分校時擁有影響力的人們之中，有人和魔法性質的古代遺物——至少和「鑰匙」關係匪淺。

比對他們來到布哈拉至今的經驗來看，遺物或是遺跡沉眠於地下深處。「鑰匙」現在也在達也的手中傳出這種反應。

是為了隱藏遺跡，所以在上方建設分校？還是為了提供想子或靈子給遺物，所以製作名為學校的容器，收集魔法天分優秀的年輕人？

總之達也比起監視者更以遺物（或遺跡）為優先，前往應該是倉庫的建築物。

然而說來遺憾，監視者這邊似乎不想輕易放他們走。

整座大學突然從三人的視野「消失」了。

今天是無雲的夜晚，接近滿月的月亮高掛天空。在月光照耀之下，達也等人的面前是荒涼遼闊的白色沙漠。

「達也大人？」

「是相當強力的幻術，而且使用了棘手的系統。」

達也像是要揮除裊裊煙霧般，大幅揮動右手。

大學的景色在同一時間回復。

然而不到一秒，風景就再度替換成夜晚的白色沙漠。

「果然如此嗎？」

達也露出接受的表情微微點頭。

「……難道說，這使用了和『連壁方陣』相同的系統？」

「真虧妳猜得出來。」

達也回答深雪這個問題時的表情沒變，不過從語氣隱約聽得出他由衷佩服深雪的洞察力。

「以幻影會被消除為前提，預先準備好下一個幻術嗎？」

「不是單一魔法師設下的機關，至少是三人以上的合作。」

達也以補充說明的形式認可莉娜的推理，再度消除幻影。

經過短暫的空檔，再度上演同樣的光景。

「將所有術士『消除』是最確實又迅速的方法……」

達也以猶豫的語氣輕聲說。

「達也大人，請原諒我多嘴……」

「我知道的。我不會下殺手。」

兩人在這個場面否定殺人行為，並不是因為罪惡感，也不是因為不想和這個國家的司法當局對立，是考慮到今後或許需要「敵方」的協助。

現在的他們缺乏準備與調查。像這次這樣沒做足準備就採取行動絕非達也的本意。原本想要多加調查、收集情報再刪減候選的調查地點，但是從時間的制約來看是不可能的。

既然事前調查不夠充分，就只能在當地收集情報。不只是情報，為了接觸到隱藏至今的「某種東西」，或許必須讓這些以幻術攻擊的敵人認同達也他們。

說來遺憾，基於諸多考量，現狀無法選擇使用「確實」的處理方法。

「雖然有點麻煩，不過就來比耐心吧。」

達也不是回應深雪，而是輕聲自言自語。

同時，達也散發的氣息變了。從至今的應戰態勢更進一步，成為實際交戰中的表情。

幻影消失，回復為現實的景色。達也不只沒揮手，連一根手指都沒動。身體也沒有外洩想子光。表面看起來只是站著不動。

和上次一樣，幻影也立刻重建。

虛假的風景間不容髮被消除。

接下來就是重複這種場面。

幻影塗抹現實，現實沖刷幻影。這樣的光景以秒為單位反覆上演。

正如字面所述「眼花撩亂（＝各種事物接連從眼前經過，導致雙眼昏花的感覺）」的攻防，使得深雪因為眼睛極度疲勞而頭痛，莉娜像是嚴重暈船般反胃。

兩人忘記風險閉上眼睛。視覺上的暴力強烈到必須這麼做才能承受。一旦閉上眼睛就感覺不到任何異狀。看來這個幻術介入的是「看」的行為。

寧靜的黑夜回到閉著雙眼的兩人身邊。

難以相信身旁持續進行著你來我往的激烈魔法戰。

達也上演的就是如此安靜又肅穆的戰鬥。

「──可以睜開眼睛了。已經沒有發動新魔法的徵兆，也感覺不到敵意。」

感覺已經在「寧靜黑夜」度過數十秒或數十分鐘甚至可能長達數小時的深雪與莉娜，聽到達也這個沉穩的聲音。

絲毫聽不出戰鬥的亢奮，連渣滓都感覺不到的平靜語氣。

深雪率直地，莉娜戰戰兢兢地睜開眼睛。

兩人眼前展開的景色，是接近滿月的月光照亮的夜晚大學。雖然是異國大學卻隱約令人懷抱親近感，大概是因為「大學」超越國境具備共通的氣氛吧。也可能因為這裡是「魔法大學」。

「感覺還好嗎？」

「沒問題。」

深雪看起來沒逞強。

「我也沒問題。」

莉娜氣色還有點差，不過看起來沒有累到需要休息。

達也判斷不成問題，再度走向推測是倉庫的建築物。

因為是這種時間，所以建築物當然上了鎖。乍看是普通的喇叭鎖，不過依照「精靈之眼」的分析是生體認證與機械式的複合鎖。破壞鎖頭會觸發警鈴，即使將保全裝置斷線也還是會通知狀況異常。

達也這時候決定破壞門板本身。保全系統的線路架設在門板周圍，沒經過門板本身。他留下外側十公分的範圍，將門板化為細小的粉塵。

「達也的這個魔法果然很犯規。」

達也以「分解」開洞讓三人入內，再以「重組」將化為粉塵的門板復原消除痕跡，莉娜向這樣的他發洩不平情緒。莉娜當然不是認真的，但確實覺得羡慕。

「莉娜。」

深雪的細語隱含「別發出不必要的聲音」的意思。

「不用在意沒關係。」

達也不知為何袒護莉娜。理由很快就揭曉了。

這棟建築物看來是倉庫沒錯，能以起重機取放的貨物箱整齊排列在高大的架子上。

「之所以沒攻擊是因為有交涉的餘地。我可以這麼解釋嗎？」

達也以烏茲別克語向架子另一側發問。

「我們是這麼打算的。」

得到的回答使用了精湛的日語。比起達也的烏茲別克語，對方的日語肯定比較流利。

「首先可以請你們露臉嗎？」

達也沒逞強，改以日語搭話。

倉庫內部突然開燈。深雪與莉娜舉手保護眼睛，但是達也只有稍微瞇細雙眼。

兼具黃種人與白種人特徵的男性接連從貨物箱後方現身。人數是八人。從壯年到老年，外表年齡各有不同。服裝沒有明顯的特徵，是在布哈拉市區看得見的平凡款式。至少感覺不到宗教上的傾向。

「我們是『遺產之守衛』。」

八名男性之中，外表年齡最老的白髮男性如此自稱。

「既然是以日語回答，各位應該知道我們的身分吧？」

達也暗示「不必自我介紹了」如此回應。

「知道喔，來自日本的客人。」

不以名字稱呼的說話方式，大概是宗教上的某種制約，也可能只是依循傳統。

無論如何都沒有特別不便之處。達也決定就這麼繼續說下去。說到達也為什麼只有偶爾使用客氣的用詞，是因為即使沒造成實際危害，即使是因為這邊擅自闖入對方的地盤，面對剛才突然攻擊的這些人，達也認為只要保持最底限的禮貌就好。

「方便的話請告訴我們。你們守護的『遺產』是和香巴拉有關的物品嗎？」

「客人你相信香巴拉的傳說嗎？」

「確認這件事也是我們來到這裡的理由之一。」

老人和同伴的男性們相互使眼神。雖然看起來沒交談，不過這樣似乎就能溝通。

「如客人所說，我們守護的遺產是香巴拉的祕寶。」

老人的回答比達也預料的還要率直。

「這次輪到這邊想請教一下，客人在尋找香巴拉的遺產嗎？」

「沒錯。」

「目的是什麼？」

老人的語氣與眼神都沒有特別犀利，不過他與同伴們注視達也的視線嚴肅到異常的程度。

「你剛才說過，你是為了尋找香巴拉的遺跡或遺物而來到這裡。」

在老人的同伴之中，幾名介於壯年到中年之間的男性們顯得有些不悅。

老人舉起單手制止他們。

「……換個問題吧。你取得香巴拉遺產的目的是什麼？」

老人依然維持平穩態度。

「還沒決定要取得。」

達也的態度從一開始就沒變。眼神維持善意並且沉著冷靜，某方面來說是傲慢不遜。

「你說什麼？」

「我說，即使找到遺物也沒決定是否要拿走。如果是對社會無害的物品就會拿走。」

「如果是有害的物品呢？」

「會隱藏起來。」

「……沒要將其破壞或封印是吧。」

「因為這無法由我的一己之見來決定。」

困惑的氣息在「遺產之守衛」之間擴散。

「無害或有害都只能由我一個人判斷。不能因為我的獨斷決定就破壞一項文明遺產。我無法扛責任到這種程度。」

達也沒有隱瞞的意圖，所以不惜多花時間說明。

「至於封印這方面，單純是我沒有這種技能罷了。」

「這位客人……你要一肩扛起判斷的責任嗎？」

老人以衡量般的眼神注視達也。

或許是在衡量達也的人品，也可能是在衡量「資格」。

「是在說我認為無害的『遺產』危害到社會的狀況嗎？」

老人沒點頭也沒搖頭，卻掛著予以肯定並且催促他說下去的表情。

「這樣的話，就是以『實際行為』危害社會的人要負責。」

「……意思是你不會為別人的行為扛起責任？」

「如果要說這種可能性，也必須考慮到我判斷有害的遺產實際上廣為造福社會的狀況。如果擔憂『可能性』到這種程度就會沒完沒了，什麼事都沒辦法做。」

「…………」

「我還不打算成為這種精明的隱士。」

「……方便給我們一點時間嗎？」

老人說完之後，和「遺產之守衛」的同伴們圍成一圈開始討論。

達也、深雪與莉娜都默默等待他們的結論。

聽得到激烈爭論的聲音。隱約傳來的對話片段，不是達也知道的現代烏茲別克語。就算這麼說，卻也不是印度語、波斯語或英語，是他完全聽不懂的語言。

這場討論沒花太久就結束。老人再度看向達也開口。

「——客人，雖然不知道是否能實現你的目的，但我們保護至今的遺產聽說就在這裡。」

老人的說法很奇妙。

「你們不曾親眼確認嗎？」

「沒辦法確認。」

「在這裡沒錯吧？」

「是的，在這裡。」

老人說完指向自己的腳底。

「地底嗎……」

達也的語氣沒有意外感。

「但是沒在建造校舍的基礎工程出土嗎？」

「我們也是抱持這份期待而引導大學設置在這裡。」

老人感到遺憾般如此回答。

「埋得很深嗎？」

這次達也以略感意外的聲音發問。他在薩曼尼陵墓挖了三十多公尺才找到鑰匙，不過打地基的時候即使挖到這種深度也不奇怪。預鑄樁工法（基樁運到工地直接打進地底的工法）可能會破壞遺跡，不過場鑄樁工法（挖洞再埋入基樁的工法）肯定不用擔心這種事。

「建設的時候沒有挖得很深。」

「這個國家的地震明明不算少吧？」

對於達也這個指摘，沒人以話語反應，只回以一股像是感到遺憾的氣息。

「……我們無法自己直接確認遺產是否存在，為了防止偷挖而建造這座倉庫當成蓋子使用。總之我們這樣就滿足了。」

「既然像這樣知道場所，不提大學的建設，你們沒想過自己挖掘遺產嗎？如果是資金問題，應該有很多方式解決才對。」

「……這麼做確實可以找到『寶物庫』吧。但是我們知道就算找到也進不去，因為鑰匙已經遺失……就是你擁有的那些『鑰匙』。」

「這個嗎？」

達也張開左手，將一直握在手中的三個「鑰匙」給老人看。

「喔喔……正是這個。遺失的『月之鑰』到底是在哪裡獲得的？」

「你說的『月之鑰』是？」

雖然看老人的視線就隱約明白，但是達也為求謹慎如此發問。

「恕我失禮了。就是你手上『鑰匙』之中的白色石盤。」

「原來各自都有名字嗎……」

「黃色石盤是『日之鑰』，藍色石盤叫做『空之鑰』。」

「月、日、空嗎……那麼這三個遺物果然是鑰匙吧？」

達也語氣平淡，卻心想「沒想到真的是鑰匙」對於這個偶然露出苦笑。

「依照祖先的傳承，必須湊齊日、月、空三把『鑰匙』才能開啟『寶物庫』。但『月之鑰』長年下落不明。」

「長年？」

「依照傳承是千年以上……說不定在『寶物庫』封閉的當初就被藏起來，避免『遺產』落入任何人的手中。」

「這樣的話，『鑰匙』的存在就沒意義了吧？」

固定在達也身上的老人視線忽然移開。感覺並不是覺得達也的話語刺耳而移開視線。老人的眼睛彷彿在看著遠方某處。

「獲得『日』、『月』、『空』之『鑰』的人，我們必須給予幻力之試練。」

「幻力？是印度教眾神所使用，能夠創造幻影的能力吧？你說的『試練』是在薩曼尼陵墓、楚貝克爾以及剛才對我們使用的幻術嗎？」

「必須向克服試練的人指引通往遺產之路。」

老人沒回答達也的問題。不過以結果來說，他的話語成為回答。

「來自日本的客人。多虧你們，我們似乎終於可以從這份看不見終點的職責解脫了。」

看來以這名老人為首的八人覺得「遺產之守衛」這份職責是重擔。

達也即使如此心想也沒有特別表現同情之意，只以平淡的語氣說「這樣啊」，看向老人剛才指向的地面。

「達也。換句話說，那個幻術是賭上『遺產』使用權的測驗嗎？」

「好像是。」

回答莉娜問題的時候，達也的眼睛也注視著地面——深處的地底。

「我們通過了測驗對吧？」

「是的。」

既然搭話的是深雪，達也當然會看向她，不過也只有短暫看了一下。達也一度將視線移回地面，然後將注意力移向左手的「鑰匙」。

「喔喔！」

「遺產之守衛」們發出驚訝、期待與感嘆等各種情感交錯的聲音。

「鑰匙」發出朦朧但能以肉眼辨識的光芒。

一名守衛走到牆邊關燈。

「鑰匙」發出的光芒變得明顯。

達也進而以右手從腰包取出「指南針」，和左手的「鑰匙」重疊。

原本均勻射向所有方向的光芒出現偏移。

光芒射向達也的左前方。達也慢慢朝該處移動，偏移的光芒逐漸往正下方接近。

然後在某處完全射向正下方。

達也停下腳步，將「鑰匙」與「指南針」收回腰包。

「那裡嗎？」

等不及達也開口的莉娜像是要撲過來般猛然發問。

「莉娜，妳冷靜……達也大人，請問是要挖那裡嗎？」

安撫莉娜的深雪其實也失去冷靜。雖然深雪也不是做不到，不過以適合程度來說，挖洞果然是達也的工作。

達也當然打算這麼做。

「我立刻潛下去看看吧。找到的話會叫妳們。」

「知道了。」「等你喔！」

深雪的回應和莉娜的叫聲重疊。

達也的身體逐漸沉入地底。

守衛們的表情因為驚愕而僵住，甚至不確定是否有在呼吸。達也分解地板再逐漸分解地基的魔法，令他們看得目不轉睛。

「……沒想到，沒想到有一天能夠親眼目睹真正的濕婆幻力……」

代表「遺產之守衛」的老人發出感慨至極的聲音。

不過這句話是以他們的語言編織而成，所以深雪與莉娜都聽不懂意思，只聽得出「濕婆」與「幻力」等名詞。

「……這些人是印度教徒嗎？」

莉娜輕聲向深雪說出她腦中浮現的疑問。

「達也大人說『幻力』是印度神祇之力，所以先不提他們是不是印度教徒，兩者應該有某種關係吧？」

兩人說話的音量壓得很低，不過就在旁邊的守衛們並不是聽不到。

至少在他們之中，擔任代表的老人懂日語。不過老人與他的同伴都沒對莉娜與深雪的對話起反應。他們的注意力固定在達也的魔法，即使聽到深雪與莉娜的聲音，話語的意義也沒有進入他們的意識。

眼神之所以像是著迷，似乎不只因為達也可以接觸到他們無從接近的「寶物庫」——也就是遺跡。不過專注凝視達也所挖洞穴的他們，散發出宗教性質，或者也可以說是狂信性質，令旁人不敢發問的氣息。

直到達也從洞裡回來，並未經過太長的時間。

「達也，有嗎？」

操作飛行魔法從洞底回到地面的達也被莉娜衝過來詢問。

「莉娜，就叫妳冷靜了。」

莉娜不是以「像是要揪住衣領的氣勢」，而是真的揪住達也衣領發問，深雪將她拉開之後取而代之站在達也面前。

「用不著這麼嫉妒吧……」

「不是嫉妒！」

被深雪以嚴肅表情回應這句玩笑話，莉娜輕聲說著「喔～～好恐怖……」向後仰。

深雪稍微清了清喉嚨。大概是想起「遺產之守衛」這群外人都在看吧，她試著重新來過。

「達也大人，請問挖掘成功了嗎？」

「發現疑似是遺跡的石室了。寬度與高度分別是三公尺左右。」

「意外地小耶……」

莉娜懷著失望與意外感呢喃。

「重點在於內部。」

達也聽到這句呢喃，以像是安慰也像是訓誡的話語回應。

莉娜像是激勵自己般說著「對……對喔」，達也在聆聽的同時重新面向老人。

「接下來我要進去石室，你們要一起來嗎？我認為你們有這個資格。」

老人睜大雙眼，停頓片刻之後搖頭。這是配合達也他們的文化做出的動作。

「身為守衛卻遺失『鑰匙』的我們沒有資格接觸遺產。你是預言所說的『鑰匙』擁有者，也是濕婆幻力的擁有者，遺產就交給你處置吧。」

「濕婆幻力」是什麼東西？達也如此心想。這個想法與其說是疑問更接近吐槽。

他身旁的深雪與莉娜露出感到疑問的表情。尤其莉娜似乎想要好好問個清楚。

「這樣啊，那我就恭敬不如從命了。」

但他沒問，也沒給莉娜發問的時間。因為他覺得就算深入追問也不會有什麼好事。

「妳們要跟來吧？」

達也在洞緣轉過身來，詢問深雪與莉娜。

「是的。」「嗯，我要去。」

兩人同時回答。

「照明交給妳們。別用減速魔法，用飛行魔法跟我來。」

達也說完之後，啟動離開洞穴時也有使用的飛行演算裝置。

進而朝著洞穴一躍而下。

深雪與莉娜兩人也發動飛行魔法，依序跟在達也身後。

達也、深雪與莉娜接連抵達洞底。裡面不算狹窄。達也預先將洞穴「挖」到三人並肩也綽綽有餘的寬敞程度。

深度也下達五十多公尺。如果沒有深雪製作的魔法照明，三人應該會籠罩在伸手不見五指的黑暗之中。

「——這就是遺跡？」

莉娜看向的前方是平坦石壁。像是經過打磨般光滑、平坦又方正的平面。雖然不能斷言絕對不是天然物體，但是人造物品的可能性高得多。

磨得光滑的平面，只在一公尺左右的高度有三個同樣大小的圓形凹洞。切削面平整得像是以現代工具挖成，而且是正三角形的配置。即使這面石壁的表面可能是大自然研磨而成，或者是大規模劈裂的產物，只有這三個凹洞明顯是加工出來的。

「不能斷言是香巴拉的遺跡。不過『鑰匙』在這裡產生反應。」

「換句話說，即使不是香巴拉的遺產也有某些東西……您說是吧？」

「就是這麼回事。」

深雪以鼓勵般的語氣這麼問，達也露出像是在說「不用擔心」的表情點頭回應。

「那麼事不宜遲，趕快看一下裡面吧。石壁後面是空洞嗎？不過剛才說是石室。」

莉娜以毫不掩飾急切心情的態度催促達也。

「我『看』不見裡面的狀況。」

然而達也出乎意料的這句回答，使得兩人同時睜大雙眼。

「以達也大人的『精靈之眼』也無法看透嗎？」

尤其是深雪，她的臉蛋因為驚愕而失去血色變得蒼白。

「石壁內側設置了編碼的高密度情報，所以無法好好讀取空間的情報。」

「看來是真的耶！」

莉娜興奮臉紅。足以阻害術士讀取情報次元的高密度情報，不可能是自然蓄積而成。莉娜認為這面石壁後方肯定沉眠著聖遺物或是更好的寶物。

「石壁大概多厚？能用『分子切割』切掉嗎？」

「莉娜，妳冷靜。不必破門也應該能進入內部才對。」

達也說著從腰包取出「鑰匙」。

莉娜以興致勃勃的眼神注視達也。不對，不只是她，深雪也在雙眼注入同等熱量看向達也。

石壁挖出的三個圓洞排列為朝上的正三角形。

達也將白色石製圓盤「月之鑰」裝入上方的凹洞。

「剛剛好耶……」

莉娜以著迷般的語氣呢喃。

接著達也將藍色石製圓盤「空之鑰」裝入右邊凹洞，再將黃色石製圓盤「日之鑰」裝入左邊凹洞。

三個圓盤都完美嵌入。凹洞的大小和「鑰匙」完全一致，即使放開手，「鑰匙」也沒有從石壁掉落。

達也放開最後的「日之鑰」，石壁隨即產生細微的振動。

時間不到一秒。

振動停止之後，這次是石壁的某個部分開始動了。

大約兩公尺高、一公尺寬。以「鑰匙」嵌入的部位為中心，剛好足夠一個人通過的部分石壁開始朝著內側後退。

同時三個「鑰匙」被石壁排出。達也迅速在半空中接住所有石盤回收。

石壁後退約三十公分之後停止，接著往左側滑動。石壁停止變化之後，三人面前開啟一個約兩公尺高、八十公分寬的入口。

「我先確認安全。在這裡等我。」

聽到達也的聲音，深雪與莉娜的僵直狀態解除了。

「請等一下！很危險！」

深雪連忙制止達也。

「為求謹慎，幫我拿著這個。」

達也說完將「鑰匙」交給深雪。

「發生什麼狀況的時候，就用這個打開『門』吧。」

看見達也的表情沒有絲毫不安，深雪理解到自己一如往常無法讓哥哥打消念頭。

「知道了。請小心。」

達也看起來毫不猶豫就踏入石室。他進去之後，石室內部依然一片漆黑，只聽到裡面傳出小小的腳步聲。達也大概是使用肉眼以外的視力吧。

大約三分鐘後，達也走出石室。

「門後也有鑰匙孔。看來構造上也能從內部開門。」

「所以不會被關在裡面是吧。」

「即使被關在裡面也不成問題。遺跡的壁面可以從內側『分解』，之後也能『重組』。」

「既然這樣就不用擔心了。」

毫不質疑達也話語的深雪露出安心表情。

「那我們進去吧。」

莉娜露出等不及的表情催促。

三人以達也、莉娜、深雪的順序進入石室。

「忘了說一件事——」

一進入石室，達也就轉身向兩人開口。

就像是以這句話為暗號，深雪她們的後方軋軋作響。

深雪與莉娜連忙同時轉身向後。

這個不祥的軋轢聲是石室逐漸關門的聲音。

「慢著！等……等一下！」

莉娜露出慌張樣貌想要往前跑。大概是想在門完全關閉之前逃出去。總不可能是想用臂力阻止那扇以石板製成的門吧。

門關閉的速度很快。如果重量正如外表所見，被那種力道夾住的話應該會攸關性命。不能依賴不知道是否存在的安全裝置。

「莉娜，妳冷靜。」

達也抓住莉娜的雙手制止，是理所當然的反應。

「啊啊！」

莉娜發出哀號。

石門完全關閉了。

深雪以魔法製作的照明在石室外面。他們的視野完全被黑暗封鎖。

「怎怎怎麼辦啊！這……這下子不就被關在裡面了嗎？」

「就叫妳冷靜了。」

「事……事到如今就用『分子切割』……呀啊！」

莉娜最後發出的哀號，是額頭受到的衝擊使然。

真相是達也剛才用手指彈她的額頭。

「好痛……」

「我不是叫妳冷靜了嗎？深雪，麻煩照明。」

「啊，好的。」

深雪也因為門關上而受到打擊，不過她的狀況是因為莉娜大呼小叫而錯失了表現狼狽樣貌的時機。

依照達也指示重新製作的燈光照亮石室內部。

俯視莉娜的達也臉上露出傻眼至極的表情。

「——持有『鑰匙』的人進入石室之後，門就會關上。遺跡好像設計成這種構造，所以不必提高警覺。」

「你要先說啦！」

看達也面不改色，莉娜含淚控訴。

深雪只有這次也沒規勸莉娜的失禮（？）態度。

「抱歉。妳害怕了嗎？」

「我……我沒害怕啦！」

「我說過即使被關在裡面也沒問題，還以為妳已經明白了。」

「所以我才說我沒害怕吧！」

「……知道了。我會當成是這麼一回事。」

「當成怎麼一回事啊！」

「莉娜，差不多冷靜下來吧。達也大人也請不要煽風點火了。」

達也與莉娜似乎還想說些什麼，但是兩人都閉嘴了。他們都知道現在不是為了這種事浪費時間的場合。

「話說達也大人，位於深處的是祭壇嗎？」

深雪問這個一看就知道的問題，是想要改變氣氛。

是的，一看就知道。

石室深處明顯是祭壇。

和石壁融為一體，大約一二〇公分高的壇上擺著杯與杖。

杯的直徑是三十公分左右。是透明的，大概是水晶製。

杖的長度是五十公分左右。從長度來說應該不叫做「杖」而是「棒」，不過頂端是鑲嵌寶珠的這種造型，即使很短也應該稱為「杖」，材質不明。顏色近似黃銅色，摸起來卻是木頭般的觸感。毫無瑕疵的完美球形寶珠大概是石英玻璃。應該是熔化的天然水晶凝固成形的熔煉水晶，但是內含未知的細部構造，以達也的精靈之眼也無法完整鑑定材質。

此外，剛才說杖的長度是五十公分左右，也是以精靈之眼調查的結果。肉眼只看得見其中的上半截，下半截埋在祭壇。

「唔～～……這要怎麼拔出來？感覺來硬的可能會折斷……」

莉娜用力到臉紅又氣喘吁吁，接著深雪取而代之將手伸向杖。

「拔不出來耶……」

深雪立刻就放開手，和莉娜成為對比。

「我投降。達也大人，請問要怎麼拔出來？」

深雪的態度如此乾脆，是因為確信達也拔得出這把杖。老實說，莉娜剛才之所以賭氣奮鬥，是因為她說「我想試試看」將站在杖前方的達也推開。

「用這個方法肯定拔得出來。」

達也說著以右手握住杖，左手蓋在固定在祭壇的水晶杯。

如同要在杯裡倒滿酒，達也從左手注入想子。

透明的杯子出現搖曳的彩色光輝。這股光輝片刻之後移向杖的寶珠。

寶珠的光輝消失時，將杖固定在臺座的抵抗力消失了。

「……是意外單純的構造耶。」

「是啊。」

莉娜不服輸的感想被達也隨口帶過。

「高腳杯給人的印象是用為魔法力量容器的象徵，這種事連我也知道喔。但是沒想到不只是印象，實體高腳杯居然真的是注入想子的裝置，這種事過於單純反而令我想不到。」

莉娜絮絮叨叨輕聲說著像是辯解的話語，是因為她也知道自己不肯服輸。達也沒有在這時候落井下石的惡劣嗜好。

此外放在祭壇上的這個杯，與其說是西式高腳杯更像是日本常見的平盃，不過這是題外話。

「那把杖就是香巴拉的遺產嗎？」

「不，真正的重點應該是那個。」

達也說著看向側邊石壁。

深雪與莉娜兩人並肩將臉湊向石壁。

「好像有一些地方嵌著不同材質的石板……」

「石板上有微妙的凹洞……感覺可以和那把杖的寶珠完全貼合……」

「莉娜，妳真敏銳。」

達也輕聲說出的這句話不是挖苦也不是揶揄，是純粹的稱讚。

「怎……怎麼突然這麼說？」

莉娜對此不是感到高興，反倒還吃了一驚。

「我以精靈之眼『看』得出曲率一致，但妳居然以肉眼觀察就察覺這一點……老實說，我很驚訝。」

「湊……湊巧啦，湊巧。沒什麼好佩服的。」

大概是不習慣被達也稱讚，莉娜明顯慌張。

「這種板子……應該說石板，就是妨礙外部視線之高密度情報的來源。」

害羞般移開視線的莉娜以及羨慕看著她的深雪，重新凝視嵌在石壁的石板。

「左右石壁各有六塊石板。材質看起來和『導師之石板』一樣。」

「真的耶……不只一塊。」

聽到達也這麼說，莉娜湊向石壁的雙眼朝左右轉動。

「和那塊石板一樣……」

深雪觸摸石板確認觸感。

「而且既然石板凹洞和寶珠球面的曲率一致，應該就是這麼使用吧。」

達也說完之後，將杖的寶珠按在石板的凹洞。

光是這樣沒發生任何事。

然而他從握杖的右手注入想子的下一瞬間，像是數百人同時說話的喧囂聲襲擊深雪與莉娜。

猝不及防的噪音使得深雪與莉娜都摀住耳朵閉上眼睛低頭。但是這種反射動作沒能阻隔這些「說話聲」。隔絕肉體的視覺與聽覺之後，兩人得知這些「聲音」不是物理性質的聲音。

如此認知的同時，她們各自發動精神層面的防禦魔法。

深雪運用「悲嘆冥河」展開護壁，凍結自身意識接觸到的精神波。莉娜使用「扮裝行列」，將自己的精神位置設定為「不在這裡的某處」。

逃離蜂擁而至的思念波影響之後，兩人看向達也確認安危。他正在接觸推測是這個現象源頭的石板。

「達也大人？」

「達也，你怎麼了？」

擔心成真，兩人狼狽發出哀號般的聲音。

達也的樣子很奇怪。身體與表情都像是石像般僵住。雙眼失焦，像是在注視無限的遠方。

「達也大人，您還好嗎？」

「深雪！」

深雪正要跑過去依偎達也的時候，莉娜從後方架住她阻止。

「不可以動到他！達也八成處於傳思狀態。」

「傳思狀態？」

「是的。以前在STARS有一位繼承巫師能力的同僚叫做亞歷山大，他偶爾展現給我看的降靈術很像是達也現在的狀態。他說過在精靈降臨的時候──處於傳思狀態的巫師絕對不能被動到。現在的達也肯定也一樣，所以妳最好別碰。」

「可是……」

「以達也的能耐，發生什麼事都沒問題的。深雪，妳肯定比我更清楚這一點吧？」

「……嗯，說得也是。抱歉我一時失常了。還有，謝謝妳阻止我。」

確認深雪回復鎮靜之後，莉娜放開她。

「而且如果遺跡是危險的地方，達也不可能帶妳一起來。」

「這我知道。我也知道達也大人遇到無法應對的危險時不會主動出手。沒事的……嗯，不會有事的。」

深雪說著將雙手放在胸前緊緊相握。

宛如在祈禱。

大約四分鐘後，嚴格來說是四分十六秒後，達也「回來」了。他只眨了幾次眼睛就立刻回復為平常的模樣。

「抱歉，害妳擔心了。」

「咦，不……沒這回事。」

被達也這麼道歉，深雪一時之間想要含糊帶過。

「莉娜，謝謝妳幫忙安撫深雪。」

「達也，你……」

「達也大人，難道您一直保有意識嗎？」

「我有聽到妳們的聲音。但我全神貫注處理蜂擁而至的情報，甚至沒有餘力說話。」

「怎麼這樣……」

以為達也即使眼睛睜開也完全看不見又聽不到的深雪，聽到達也的說明之後以雙手掩面。

「……抱歉讓您見笑了。」

在張開的雙手底下，深雪發出細如蚊鳴的聲音。

就這麼約三十秒。

「謝謝妳擔心我。」

估計深雪的害羞心情平復之後，達也向她這麼說。深雪略顯猶豫放下掩面的手，終於成為可以繼續說明的狀態。

「——所以達也，發生了什麼事？」

在深雪被羞恥心囚禁時一直面無表情等待的莉娜帶頭開口。

「香巴拉的遺產是知識。」

「知識！」

「請問那些板子果然是『導師之石板』嗎？」

莉娜露出興奮模樣發出近似歡呼的聲音，深雪以期待與擔憂各半的聲音發問。

深雪的問題之所以隱含擔憂之意，是因為「導師之石板」具有安裝魔法的功能，她懷疑是否會擅自改寫魔法演算領域。

「應該不是。雖然確實包含關於未知魔法的知識，卻不是自動安裝的工具。一塊石板封入的情報量匹敵大辭典……不對，恐怕是小型圖書館的量。另外十一塊石板大概也一樣。」

「也就是記錄著相同的情報嗎？」

聽到莉娜這麼問，達也回答「不」搖了搖頭。

「雖然始終只是猜想，不過每塊石板各自都收藏相同分量的不同情報。」

「換句話說，這裡保管了十二棟圖書館的知識嗎？」

「說不定匹敵魔法大學的藏書。」

對於深雪的問題，達也以推測的形式回答並且確實點頭。

「是大型圖書館耶……」

聽到達也的回答，深雪發出由衷的感嘆。數位化的魔法大學藏書量，昔日以紙本書為主流的圖書館完全比不上。

「達也，你在剛才那幾分鐘記下一棟圖書館的知識嗎？」

「應該有記在腦中。但是項目太多，很難自由回想起來。」

「……一口氣灌入這麼大量的知識，確實需要搜尋引擎吧。」

莉娜看向達也的眼神隱含同情神色。

「我會花時間整理。畢竟也有一些不能忽視的情報。」

「裡面記載了什麼不好的事情嗎……？」

深雪走近達也一步，擔心般仰望他的臉。

「雖然早就預料到了，但我已經得知香巴拉的遺產包含極度危險的魔法。」

「……果然是匹敵戰略級魔法的大規模魔法嗎？」

「對。」

「那些資料就在這裡嗎？」

莉娜以焦急的語氣問。

「還不知道。只是確定存在著這種魔法。所以必須確認所有石板才行。」

「說得也是……」

深雪露出迫不得已的表情點頭。她個人不想看見剛才那種狀態的達也，卻無法反對「不能扔著戰略級魔法不管」這個意見。

「其實連剛才那塊石板，我讀取的分量也只有十分之一。要將十二塊石板閱覽完畢，依照計算要花費將近九個小時。先回到地面做好準備再來吧。」

「說得也是……既然是分量這麼龐大的情報，分成好幾天分工閱讀應該比較好吧。」

「不。」

深雪自己也想參加閱讀藏書的工作而這麼說，達也以簡短但沒有誤解餘地的語氣否定。

「不能花太多時間。」

但他立刻貼心補充說明以免造成誤解。

「即使探索沒有完美結束，明天也非得回國才行。今晚算是幸運地找到遺跡，必須在明天早上之前回收所有遺產。」

「說得也是。」

深雪也知道藤林在催促他們回國。她立刻理解到現在是必須勉強的場面。

「那麼更應該三人分工……」

「這樣效率反而不好。我要獨自帶著水，如果能立刻取得的話也帶著氧氣瓶來這裡讀取。」

「沒問題嗎？腦袋不會撐爆嗎？」

莉娜不是消遣，而是擔心發問。

深雪與莉娜兩人注視達也的眼神，同樣傳達「不要勉強自己」這段訊息。

「人類的精神可沒有這麼渺小。」

達也也理解兩人的心情，卻沒要改變方針。

◇ ◇ ◇

換日之後的當地時間上午五點。昨晚暫時和達也道別離開聯邦魔法大學的深雪與莉娜，這次是合法從正門入內。兼任大學事務員的「遺產之守衛」開門放行兩人。

深雪掛著難掩慌張的面容，莉娜露出關懷深雪的表情，快步走向建造在遺跡上方的倉庫。兩人抵達建築物前方的時候，達也從內側開門現身。

「達也大人，您沒事嗎？」

深雪跑過來從正前方仰望達也的臉。只從外表判斷的話，達也似乎只是有點疲累。

「身體沒出問題嗎？像是精神過度消耗的徵兆……」

「不用這麼擔心。肉體與精神都沒有任何異常。」

達也露出的笑容令人感覺遊刃有餘，看不出逞強的模樣。

近距離感受到這一點，深雪鬆了口氣。

「達也，那是什麼？」

莉娜趁著深雪鎮靜下來的時候發問。她從剛才就按捺不住好奇心，想知道達也右手的細長布包裡是什麼東西。

「這個嗎？」
達也說著將布包舉到胸前，解開部分的布露出裹在裡面的物體。
「那是……遺跡裡的杖？」
「沒錯。他們說不介意我拿回去。」
「『寶物庫』認可您是正統的繼承人，那個物品歸您所有。」
代表「遺產之守衛」的老人接續達也的話語如此告知。
「正統的繼承人……？」
「在他們之間似乎這樣認定了。」
達也露出些許苦笑回應莉娜疑惑的聲音。
「被管理人認可獲得正當的所有權，這不是一件好事嗎？這樣就能大方帶回日本了。」
「依照IPU的法律，這應該算是盜挖吧……」
聽到深雪光明正大這麼說，達也露出不只是「些許」的苦笑。
「不過你要拿回去吧？」
莉娜露出很適合形容為「奸笑」的笑容問。
「我會心懷謝意收下。」
達也以比起「光明正大」更適合說成「厚臉皮」的態度，承認莉娜的指摘。

「沒有這個會不太方便。」

然後以不像是開玩笑的語氣補充這句話。

「……那把杖隱含了在遺跡外部也能使用的特別力量嗎？」

聽到深雪這麼問，達也連表情都變得嚴肅。

「就某種意義來說，現代魔法師想要的『香巴拉遺產』就是這把杖。」

達也一臉正經如此告知，深雪與莉娜都露出認真表情注視這把以布包裹的杖。

◇　◇　◇

這天傍晚，從昨天就沒闔眼的達也來到布哈拉國際機場。

在原本是機場職員專用的包廂裡，隔著會議桌和達也面對面的人，是臨時搭機從海德拉巴趕來的錢德拉塞卡。為了進行祕密對話而訂下這間包廂的人也是她。

「可惜沒能找到可以稱為『香巴拉遺產』的物品。」

達也說完將兩塊石板放在桌上。

「這是本次挖掘調查的成果。交給博士您保管。」

「這是在哪裡找到的？」

「伊斯瑪儀．薩曼尼陵墓以及『死者之都』楚貝克爾。我靠著在沙斯塔山出土的遺物，順利找到埋在地底的祭壇。」

「在美國的沙斯塔山……那我可不能收下這些遺物。」

「我想要找機會再度挑戰挖掘調查。希望到時候也請博士參與。」

「好的，有機會的話務必……話說這些石板真的可以由我保管嗎？」

「我只知道上面刻著形式極為古老，屬於《吠陀》系統的祭文。博士您應該會知道得更加詳細吧。」

「……我會當成貴重的研究資料好好保管。」

看著錢德拉塞卡收下石板之後，達也站了起來。

「不好意思，博士。原本必須鄭重向您致謝，但我因故突然必須回國。」

「以先生您的立場，我認為這種事也是在所難免。」

片刻之後，錢德拉塞卡也站了起來。

「博士，這次真的備受您的照顧。今後如果有我做得到的事情，我會盡量提供協助，請您不必客氣儘管吩咐。」

「我才要道謝，感謝您讓我度過一段充實的時光。」

達也和錢德拉塞卡握手道別。

錢德拉塞卡直到最後，看起來都沒有懷疑達也「沒能發現香巴拉遺跡」的這句話。

◇◇◇

達也為了回國而叫來私人飛機。是內建慣性控制與氣流操作魔法的極音速小型噴射機。不過即使是私人飛機也當然要接受出境安檢。

「那把杖居然沒被發現耶。」

進入機艙坐在座位之後，莉娜立刻向坐在旁邊的深雪搭話。不過莉娜的視線不是朝向深雪，而是朝向她的行李箱。

從香巴拉遺跡攜出，長約五十公分的那把杖，尺寸剛好可以放進大型行李箱。深雪說「女性的隨身行李應該會檢查得比較寬鬆」將杖藏在自己的行李箱。

然而無須多說，海關的安檢可沒這麼寬鬆。何況達也一行人一直被暗中監視。安檢官被通知要嚴格檢查是否有遺物被攜出。雖然錢德拉塞卡完全沒表現出這種態度，但她內心肯定懷著這種理所當然的質疑。

即使如此，藏在行李箱的杖依然沒被透視裝置或是金屬探測器發現。既然無法以安檢裝置找到，面對雖然是平民卻不是普通人的深雪，安檢官說話也不能過於強勢。

即使可以要求「打開行李箱給我看」，海關的安檢官也怕得不敢像是面對無名的普通人那樣將手伸進行李翻找。

這也是在所難免吧。對方是現代的魔王——一個人就足以和軍事大國開戰的魔法師親屬。而且不是普通的親屬，是最愛的未婚妻。安檢官只不過是基於公僕的使命感勉強完成義務，其實很想讓對方直接通關。完全不想冒著惹怒對方的風險做出超越既定程序的行為。

莉娜也能理解海關職員的這種心理，所以她疑惑的是那把杖沒被最新的安檢裝置發現。

「那把杖只要沒有直接目視，就會處於不存在的狀態。」

回答莉娜疑問的不是深雪，是早早就戴上眼罩準備小睡的達也。

「……處於不存在的狀態？」

「那東西不會對可視光線以外的任何電磁波起反應，即使是X光或磁力線都會完全穿透。」

「那是怎樣？杖的材質不是金屬嗎？」

莉娜大幅歪過腦袋。她一直以為杖的材質是黃銅色的金屬。

「目前只能說是未知的材料。」

「未知的材料嗎……總覺得好厲害。雖然有點晚，但是開始有種『失落的超古代文明！』的感覺了。」

聽到達也的回答，莉娜的雙眼重新閃亮。

「莉娜，差不多到此為止吧。達也大人，說到這裡就好，請您好好休息。」

比起杖的真面目，深雪更在意達也熬夜調查遺跡之後未曾闔眼的身體狀況。

在深雪的壓力之下，寂靜降臨機艙。即使小型噴射機起飛切換為極音速飛行，這股氣氛也沒有改變。

【3】喜樂之源

達也等人搭乘的小型噴射機充分發揮七馬赫的最高速度，兩小時就抵達日本。但是因為時差的關係，所以降落在巳燒島的時候是深夜。

達也、深雪、莉娜直接前往平時使用的住處，兵庫也前往為他保留的宿舍。眾人是在隔天早上再度開始行動。

等待達也的是大量的簽呈。雖然不像上個世紀在桌上堆滿紙本文件，不過每份簽呈附加了數倍分量的報告書。難怪負責留守的藤林會慌張。即使以達也的處理能力，也沒能在上午消化所有待辦的簽呈。

「……達也大人，您辛苦了。」

在午餐席上，深雪貼心慰勞達也。莉娜也在場，但她只向達也投以稍微同情的眼神。大概是反映出達也平常對待兩人的細心程度吧。

不過達也的表情與語氣都一如往常。只從表面來看的話，肯定有不少人認為莉娜特別無情。

「深雪，拜託妳一件事。」

這句話也是隨口說出。

「好的，請儘管吩咐。」

所以深雪也沒特別緊張，以平常的態度回應。

「等到可以和高千穗通訊的時候，幫我請光宣與水波下來巳燒島一趟。關於香巴拉的遺跡，我有話想對所有人說。」

不過，深雪從達也的聲音感受到非比尋常的氣息而繃緊表情。

「請問要訂在什麼時間？」

「麻煩訂在三點。到時候累積的文件應該也都處理完畢了。」

「遵命。」

深雪恭敬低頭。

不只是她，連莉娜也停止用餐動作露出認真表情。

◇◇◇

同桌而坐的五人由兵庫提供冷飲。水波看起來不太自在，應該是因為她至今依然是「侍女」的立場。

「兵庫先生也請坐。」

服務完畢準備離開房間的兵庫被達也叫住。

兵庫沒進行無意義的婉拒，回答「屬下遵命」之後不是坐在桌旁，而是坐在房間角落備用的椅子。達也知道要他自己去拿飲料喝也沒用，所以沒浪費更多的時間與勞力。

「香巴拉的探索還沒結束。」

達也沒喝飲料就突然這麼說。

「咦，怎麼回事？」

率先反應的是莉娜。

「不是在烏茲別克的布哈拉獲得香巴拉的遺產了嗎？」

接著光宣這麼問。他的語氣不同於莉娜相當沉著，卻沒有完全隱藏意外感。

「是的，已經獲得遺產『之一』了。」

「……香巴拉的遺跡不只那一座嗎？」

這次是深雪明顯感到意外般發問。

「首先說明『香巴拉』的真面目吧。」

達也沒有直接回答深雪的問題，而是如此回應。

不只是深雪，另外三人也不禁正襟危坐。這裡說的人數沒包括兵庫，因為他從一開始就是這種坐姿。

「據說香巴拉在藏語是『被喜樂之源擁抱』的意思。」

「記得『喜樂之源』也是印度教主神之一——濕婆的別名吧？」

看來光宣也知道香巴拉的語源。

「沒錯。」

「所以果然是濕婆派的聖地嗎？」

光宣進一步這麼問，大概是以前就抱持的疑問不小心脫口而出吧。

「不，在這種場合，解釋為更加直接的意思比較好。」

「換句話說，某些事物或人物可以為人們帶來喜樂，保護這些事物或人物的土地就是『香巴拉』，請問是這個意思嗎……？」

對於深雪的推測，達也點頭回答「兩者皆是」。

「意思是統治者運用特殊的技術或知識治理國家嗎……？達也，別賣關子快點說明啦。」

莉娜像是失去耐性般催促達也說下去。

但是達也沒像她說的故意賣關子。

「『香巴拉』是世界各地建造的一種避難所。」

「世界各地？」

「到底是從哪種危機保護人們的避難所？」

莉娜與光宣接連提出疑問。

深雪與水波定睛注視達也，等待他繼續說明。

「昔日在現在的中緯度到高緯度地區建設了複數的『香巴拉』。雖然只能籠統推定，不過比對我在布哈拉得到的知識，應該是在三萬五千年前到一萬五千年前的時期。」

「持續了兩萬年那麼久？」

莉娜以半信半疑的語氣問。

「依照記錄，不是一直存在於固定的場所，而是不斷反覆廢棄與建設。」

「換句話說，『香巴拉』不是土地的名稱，是避難所的總稱？」

「正確來說是後世的人們以『香巴拉』稱呼當時的避難所。」

「說到三萬五千年前，那時候正處於末次冰期……難道『香巴拉』是用來逃避冰河期寒冷氣候的避難所？」

發問的人從莉娜換成光宣。

「沒錯。『香巴拉』是以魔法保護生活環境與生產環境的避難所。」

「……感覺在各方面可以信服。『香巴拉是隱藏在雪山環繞之地的理想鄉』的這個傳承，也有少數人無視於《時輪怛特羅》的記述，認為北極區域是候選地點，這個論點反映的記憶，應該是冰河期被冰雪封閉的酷寒大自然環境吧。」

聽完達也的回答，光宣感慨點頭這麼說。

「那麼……『香巴拉』是以魔法為根基的國家嗎？」

「與其說國家更像是城邦吧。確實是由魔法師負責社會的營運。」

對於深雪這個問題，達也修正了一部分。

「以魔法師為貴族的帝制國家？」

莉娜在深雪身旁插嘴。

「香巴拉的魔法師們以維持避難所為代價，生活得以受到保障。我不知道待遇是否優於其他居民，不過或許算是一種貴族吧。」

「各種神話裡的神祇們，難道也是取材自香巴拉的魔法師嗎？」

「這部分無法肯定也無法否定。其中可能有這種要素，應該也有神話不是源於這裡。」

「說得真是慎重耶。」

「因為這個問題很敏感。而且也不是現在必須思考的事。」

「那麼，達也大人認為問題是什麼？」

水波低調提出進入正題的疑問。

「我現在說的內容都記載在布哈拉遺跡裡的『歷史書』。不過遺跡裡不只是歷史的記錄，也留下未知的魔法。」

「達也大人，您習得了新的魔法嗎？」

「不，只是獲得。」

深雪開心詢問，然而達也的回答是奇妙的「否定」。

「什麼意思？」

在這種場合，大多由莉娜負責毫不客氣詢問聽不懂的疑點。

「我依序說明。」

聽到這句話之後洗耳恭聽的人不只是莉娜。

「固定在遺跡壁面的石板，內建和『導師之石板』相同系統的魔法傳授功能。每一塊石板有一種魔法，位於該處的是十二種魔法。不過每種魔法都是常駐於魔法演算領域的性質。」

「……和達也大人的『分解』與『重組』一樣，性質上會占用魔法演算領域，妨礙其他魔法的行使是吧？」

「沒錯。如果是我的魔法演算領域，預估每種魔法都會占用領域三分之一的容量。魔法演算領域已經塞滿的我無法安裝。只要安裝任何一種，就會失去『分解』與『重組』其中之一，這樣很不划算。」

「達也大人……難道有方法可以現在就安裝您在遺跡獲得的魔法嗎？」

「達也你說的『安裝』是如同軟體安裝在電腦那樣，可以將魔法寫入魔法師的精神嗎？」

「可以。」

達也這句話同時回答深雪與莉娜的問題。

「當時建造避難所的魔法文明——沒有名字很不方便，所以暫時稱為『香巴拉文明』吧。在香巴拉文明，魔法是維護生存環境的基礎，也因而確立了能夠迅速又確實傳授魔法的技術。之前的『導師之石板』也是以香巴拉文明技術製作的物品。」

「那麼，遺跡的石板果然是『導師之石板』嗎？」

達也搖頭說「不」回答深雪這個問題。

「使用的技術水準不一樣。『導師之石板』是以攜帶為前提的簡易版，遺跡使用的技術高了好幾階。」

「就像是大型主機與個人電腦那樣？」

「我覺得這個比喻過時了……不過，就是這麼回事。」

聽到莉娜插嘴的這句話，達也露出苦笑點頭。

「可是達也大人，如果遺跡的石板類似固定式的電腦主機，不就無法從遠處使用嗎？」

深雪提出中肯的疑問。

「有遙控用的裝置。」

達也的回答如果套用在現代——二十一世紀的技術產物，聽起來毫不突兀。

「那座遺跡有這種東西……？」

「就是這個。」

達也很乾脆地放在桌上的物品，是從遺跡拿回來的「杖」。

「這把杖——正確來說是安裝在杖上的如意寶珠，可以叫出遺跡的從魔。」

「從魔……嗎……？」

「不是魔物的意思吧？」

深雪與莉娜接連歪過腦袋。

水波臉上也貼著問號，光宣以強烈視線要求回答。

「『從魔』並非伴隨自然現象的情報體。基於這層意義或許符合魔物或神靈的概念，不過在我們所知的範圍來說最接近人造精靈。」

「是香巴拉文明的人們所製作，擁有魔法機能的獨立情報體嗎？」

最快理解達也這段話的人是光宣。

「從魔法師身上抽出魔法式以及發動魔法所需事象干涉力的功能，當時的人們將其模組化並且製作成獨立情報體，用來『寄生』在魔法演算領域。這就是香巴拉文明的魔法傳授系統。」

「寄生？」

莉娜以幾乎要跳起來的氣勢大喊。

旁邊的深雪露出「連聲音都發不出來」的表情僵住。

「這種模組化的獨立情報體就是『從魔』吧。原來如此……我覺得這個名稱很貼切。」

光宣深深點頭這麼說。

「『導師之石板』應該也是同樣的系統。深雪在加州的阿拉米達打倒『巴別』術士的時候，從術士體內脫離消失的情報體，肯定是讓人能夠使用『巴別』的從魔。」

聽到達也這麼說，光宣回應「這麼說來……」說下去。

「我在舊金山看見的，從FAIR的BS魔法師體內脫離的『使魔』，也是香巴拉文明的從魔嗎？」

「無關於『石板』之類的魔導書，在世間漂蕩伺機依附在人類身上的流浪從魔，或許也不在少數。」

「被這種從魔寄生的孩子們，就會成為BS魔法師嗎……」

聽完達也推測的深雪身體一顫。

「請問……」

水波略顯顧慮地要求發言。

「怎麼了？」「怎麼了嗎？」

達也與光宣同時催促她說下去。

「難道我們『寄生物』也是遠古魔法文明的產物嗎？」

「……我只能說不得而知。」

達也沒否定水波說出的可能性。

「如果是這樣的話……不，沒事。」

光宣欲言又止，但是達也猜得到他想說什麼。

「總之這把杖擁有叫出從魔，使其寄生在魔法師身上的功能。」

正因為猜得到，所以達也沒繼續問，也沒讓光宣繼續問，回到正題說下去。

——如果寄生物的真面目是香巴拉文明的從魔，或許有「遺產」能讓寄生物回復為人類。不過這個可能性在實際確定做得到之前不應該當成話題討論。

「這把杖可以由任何人對任何人使用嗎？」

莉娜並不是沒察覺達也與光宣的想法。她只是基於魔法師的正經好奇心詢問達也。

「比方說，不必經過被安裝的魔法師同意？」

如果做得到這種事，雖然也要看安裝的魔法而定，卻可以限制敵對魔法師的能力。

「需要對方的同意。而且這把杖設定我是管理者，所以除非我授權，否則別人無法使用。」

「只要達也授權，我也能使用吧？」

「具有暫時出借的功能。」

「那麼達也大人在意的是應該讓誰習得遺跡魔法嗎？」

深雪詢問達也核心所在。

「真要說的話，那座遺跡是提供給民間研究者的圖書館。沒有保管可能利用在軍事的危險魔法。」

「被稱為理想鄉的香巴拉文明也有軍事力是吧？」

深雪感到意外般問。

「我不知道他們把什麼對象設定為敵方，不過從某些記述看得出極為強力的軍備能力。」

達也的回答否定了樂園幻想。

「不過那座圖書館沒有這種東西。既然香巴拉不是單一國家而是複數存在的城邦，遺留下來的設施肯定也不會只有那一座。」

「換句話說，有其他遺跡保管了也能運用為現代軍事手段的危險魔法？」

光宣以嚴肅表情發問。

「沒錯。我請光宣與水波下來，就是為了討論這個對策。」

達也的回答不只是肯定這個疑問。

「達也大人知道危險的遺跡在哪裡嗎？」

大概是提到自己的名字，水波比深雪與莉娜先提出這個問題。

「我不知道符合的設施本身在哪裡，但我在布哈拉的『圖書館』讀取的『歷史書』有寫到要調查什麼地方。」

「是哪裡？」

接著是光宣詢問達也。

「西藏的首都拉薩。布達拉宮的地下。」

這次達也也立刻回答。

「雖然不知道位於多深的位置，不過那裡有前往遺跡的『嚮導所』。究竟是保有功能的設施還是已經損毀的遺跡，去那裡肯定就會知道。」

「這就是叫我來的理由吧？潛入拉薩，在那個嚮導所的遺跡調查其他遺跡的場所就好嗎？」

光宣從達也明說委託內容之前就很積極。他上個月也有潛入拉薩，面對大亞聯盟戰鬥魔法師「八仙」的兩人時陷入苦戰，光是逃走就沒有餘力。光宣恐怕是想進行雪恥戰而摩拳擦掌吧。

「屬下也和光宣大人同行就好嗎？」

「不，妳錯了。」

對於水波的問題，達也的回答是「否」。

「布達拉宮的地下由我潛入。想拜託光宣和我一起去，然後請水波在高千穗支援我們。」

「太亂來了！」

深雪連忙阻止達也。

「就是說啊，達也。你是名人，即使能力上沒有問題，要是潛入被發現可不是鬧著玩的。」

莉娜也一起制止。

「或許很亂來，但是必須這麼做。要進入拉薩的『嚮導所』，必須由擁有管理者權限的人使用這把杖。如果『圖書館』的情報正確，光憑出借的權限無法開門。保全系統是這麼設定的。」

但是她們兩人都理解達也至今的說明，也理解不能將達也擔憂的風險置之不理。

「我沒問題，會陪你前往布達拉宮的地下。」

「屬下也會努力盡到支援的職責。」

光宣與水波接受達也的委託。

深雪與莉娜都沒能反對。

【4】謀議

達也等人正在討論要潛入西藏的這時候。

正在住院的遼介在醫院的ＩＴ室操作觸控螢幕——順帶一提，ＩＴ室的「ＩＴ」不是「資訊科技（Information Technology）」的簡稱，是「情報終端機（Information Terminal）」的縮寫，也就是一百年前稱為「電腦室」的房間。

遼介打開的是ＵＳＮＡ大使館網站。他在調查入境簽證的詳細手續。

今天上午，真由美來到遼介的病房探視。

遼介被襲擊ＦＬＴ研究所的大亞聯盟魔法師刺傷腹部到明天滿十天。傷勢嚴重到深達內臟，所以即使以現代的醫療技術也還沒獲准出院。雖然這麼說，但遼介自己覺得已經回復到不會影響日常生活的程度。

只是醫院態度很慎重，直到今天才終於獲准可以長時間面會。真由美今天並不是第一次前來探視，不過是住院至今首度有機會可以好好談事情。

真由美難以啟齒般說著「其實……」提出的要求，令遼介慌張不已。她詢問是否可以將遼介的事情告訴遼介的家人。

遼介在五年前以交換留學生身分赴美。後來他投入FEHR的活動從大學中輟，所以學生簽證原本會在這個時間點失效。換句話說他處於非法居留狀態，是強制遣返的對象。

但他留學的背景有著USNA不想公開的軍事小動作。USNA這邊也將許多「不是學生的留學生」送往日本，所以USNA的軍事相關人士想盡量避免當時的交換留學鬧上新聞的風險。

USNA當局採取的措施，是將退學的遼介學籍在形式上留在大學，為此所需的費用由當局負擔。這個措施不只是遼介，也適用於當時的全部留學生。雖說是「全部」，不過大學中輟的日本學生不到十人就是了。所以遼介是在為了回國而通過USNA出境閘門的瞬間，正式不再擁有大學生的身分。

從不上大學之後到回國之前的這段期間，遼介在USNA對外處於「沒上學持續落第的大學生」這種非常丟臉的立場。心情上實在不敢告訴父母與妹妹。

只不過，他沒向家人報平安的原因不是不好意思。說起來，他是在申請退學一段時間之後才知道自己的立場。FEHR的夏綠蒂·甘格農察覺他可能非法居留而進行調查，他才終於認知到自己的處境。

在這個時間點，他為了持續參與FEHR的活動，想要長期居留在USNA工作。為此需要永久居留權或是公民權。但是他沒有專業的證照或特別的學位，也沒有足以獲得永久居留權的資產。FEHR也只是被當局認可能夠長期僱用非專業勞工，沒有自主經營體所需的實力。

和甘格農或是FEHR其他成員討論之後，遼介最後選擇的方法，是和美國人簽下婚姻協定取得永久居留權。預定的結婚對象不是蕾娜，是FEHR成員的女同志。蕾娜在遼介心目中是崇拜的對象，他惶恐到無法想像和蕾娜成為對等的夫妻。

對於遼介來說，這是拋棄日本、拋棄家族的決定。或許別人會說不需要想得這麼古板，但是遼介無法欺騙自己。他無疑是基於這個意圖下定決心。他自覺到這一點。

所以遼介已經沒有臉見家人。他不後悔選擇FEHR、選擇蕾娜。但是為此選擇的手段絕對不值得稱讚。這在遼介的價值觀脫離了人類的正道。

他並不是在各方面都抱持傳統觀念，唯獨關於家人的價值觀確實是傳統人種。至少他繼承了直到上個世紀半的日本人心態，堅信面對家人一定要誠實。

所以對於自己將「結婚」這個成家事件當成單純的手段，他打從心底感到不對勁，對父母與妹妹懷著背叛的罪惡感。遼介回國卻沒和家人連絡是基於這個理由。

此時真由美突然詢問是否能將他的下落告訴妹妹，遼介不可能不慌張。

他認為這次是暫時性的歸國。完成蕾娜交付的任務之後就打算回到美國。至於被交付的「調查司波達也想在魔法人聯社做什麼」這項任務，在蕾娜自己和達也建立友好關係的時間點，遼介就覺得必要性沒那麼高了。

他自己如今也深信，達也的目的是在實質上確保魔法資質擁有者——「魔法人」的人權。打造出魔法人不會被迫成為工具的社會環境。

魔法人聯社的活動始終是基於這個目的。

因此，該組織也對於沒擁有魔法資質的多數派人們提出軍事力以外的利益，和企業或資產家建立合作體制。不是以理念，而是以利益拉攏。這是遼介他們——包括蕾娜也做不到的事。

老實說，遼介對於魔法人聯社今後的活動也感興趣。

但是相較於在蕾娜底下工作，優先順序較低。遼介正覺得差不多想回到FEHR了。

加上這次冷不防面臨這件事。遼介在狼狽之中下定「回美國吧」的決心。

遼介認為在日本的工作是暫時性的，所以在「赴日」之前就進行回到美國的準備——不過形式上是完全扔給FEHR的同伴處理。

老實說，結婚獲得永久居留權的前一個步驟，也就是結婚簽證的申請，遼介已經做好準備隨時可以進行。現在就是在重新確認接下來的手續。

無法只在線上辦理完畢，所以即使出院再確認，狀況也不會有太大的變化。不過陷入焦急情緒的遼介處於「總之能做什麼盡量做」的精神狀態。

他為此而做了「多餘的事」。但是現在的他甚至無法想像這件事成為推他一把的動力。

◇　◇　◇

為了潛入西藏的討論還在進行，卻因為達也收到緊急通訊而中斷。達也留下進入單純午茶時光的四人，帶著兵庫進入通訊室。

『常務，抱歉在您談事情的時候打擾。』

目前在四葉家內部的場所，只有藤林響子稱呼達也是「常務」。

「不，沒關係。據說事態緊急，難道又發生襲擊事件嗎？」

『事情沒這麼嚴重，但我認為應該盡快請您判斷。遠上先生似乎想要赴美。』

「遠上嗎？」

達也露出和旁聽的兵庫差不多的疑惑表情。不過兩人感到疑惑的內容不同。達也心想：「目的是什麼？」兵庫認為：「這哪裡有問題嗎？」

『他在醫院的ＩＴ室閱覽ＵＳＮＡ大使館關於婚姻簽證取得手續的網頁。』

「這樣啊。」

達也與兵庫只在瞬間露出傻眼表情。這次兩人的心思都一樣，覺得「駭客居然連這種事都查得出來」。

『遠上先生現狀還沒接觸到四葉家的機密事項，所以即使離職應該也沒問題，請問常務您意下如何？』

「這個嘛……」

達也稍做思考。他迅速計算遼介可以成為何種程度的戰力，以及今後是否會面臨需要這份戰力的場面。

「……協助他吧。」

對於通話對象藤林以及旁聽的兵庫來說，達也的回答都出乎預料。

『協助的意思是……協助遠上先生赴美嗎？』

「是的。國內的戰力沒有他也足夠，我反而擔心在美國對抗ＦＡＩＲ的戰力不足。如果對手是民間犯罪組織，STARS應該也不會出動。」

『您認為ＦＡＩＲ會在美國引發問題嗎？』

「因為ＵＳＮＡ好像沒阻絕大亞聯盟的祕密行動。」

軍民分離在民主國家是政治體制的基本。軍方基本上不參與內政。要是沒徹底這麼做，軍方會很輕易被用來鎮壓敵對勢力而造成民眾反彈。

但是同時從另一面來說，在對抗外國非軍事侵略的祕密行動時，就無法充分活用軍方的人力資源。民主國家在政治與軍事的特務作戰經常比不上獨裁國家，主要差別就在於活用人力資源的這種自由度。

達也認為USNA之所以放任大亞聯盟的特務入侵，無法投入聯邦軍的魔法師部隊STARS是一大影響。

「遠上的能力不適合大規模的戰場，但是在對付凶惡犯罪的層級是可靠的戰鬥力。既然他想回到FEHR的話剛剛好，讓他在美國暫時負責對付麻煩的『八仙』吧。」

『……知道了。由這邊安排機票比較好嗎？』

藤林以公事公辦的語氣回應，但她對於達也的狡猾露出傻眼表情。

「避免在表面上提供助力吧。命令大門幫他的忙。」

『——遵命。』

藤林大門是藤林響子的叔叔，不過現在是達也的私人部下。藤林響子懂得分寸，知道自己不應該插嘴干涉達也的指示。

◇　◇　◇

「抱歉讓你們久等了。」

和藤林通話完畢之後，達也回來討論潛入西藏的計畫。

「如剛才所說，這次的潛入沒要使用高千穗。高千穗始終是緊急事態的王牌。」

「但我認為還是不用擔心高千穗被偵察到的風險。」

光宣稍微委婉反駁達也的方針。離席前的議論是在這裡中斷的。

「藉由你追加提供給我的儲魔具，高千穗是『鬼門遁甲』隨時運作的狀態。如果是沒有預先知道高千穗詳細情報的對象，我有自信絕對不會被偵察到。」

高千穗原本就設置了儲存電磁波吸收魔法的人造聖遺物「儲魔具」。不只是可視光，從紅外線到紫外線，或是比特高頻還要高頻的電波都完全不會反射。

移居到全長約一八〇公尺的高千穗之後，為了避免偶然被偵察到導致生活受到威脅的風險，光宣採取的強化對策是在這座大型宇宙用居住設施設置了儲存「鬼門遁甲」魔法式的儲魔具。即使高千穗偶然被找到，發現者也肯定會因為「鬼門遁甲」的效果而立刻追丟。

主動式的偵察以電磁波吸收魔法防止，被動式的偵察以「鬼門遁甲」抵擋。高千穗被發現的可能性確實堪稱微乎其微。

「不，還是別這麼做吧。我不是懷疑你的技術，是因為這次並非絕對需要高千穗。」

但這不代表絕對不會被找到，不應該用在這次這種高風險的作戰。這是達也的真心話。因為高千穗始終是讓光宣與水波居住的「家」而不是作戰據點。

「那要怎麼潛入？」

莉娜的問題單純是順著對話提出的。

「我想藉助卡諾普斯上校的力量。」

「要拜託班幫忙？」

莉娜沒料到達也居然在這時候說出她昔日同伴的名字。

「卡諾普斯在中途島欠我一次，就在這時候請他還吧。」

三年前發生了STARS實質上被寄生物侵占的事件。當時在中途島監獄成為階下囚的卡諾普斯及其部下，是在達也的協助之下重返自由。

那個事件對於達也來說是交易的籌碼。達也以救出卡諾普斯等人為代價，要求美方不追究他先前在西北夏威夷群島對美軍進行的「游擊行動」，所以在達也自己的帳簿已經互不相欠。但是依照達也的說法，當時的交易對象是卡諾普斯的舅公——參議院的懷亞特．柯蒂斯議員，卡諾普斯自己欠的這一份還沒清算。

「而且他在顧傑事件欠我的那筆債也非還不可。」

這也是三年前的事，當時以四葉家為目標的恐攻事件犯人是顧傑，卡諾普斯在逮捕的過程中屢次妨礙，最後甚至當著達也的面除掉顧傑，這個事件對於達也來說是難堪的回憶。這在一般來說應該形容為「必須清算的過節」，但是達也似乎也想把這件事當成「債務」向卡諾普斯求償。

「……具體來說，你打算叫他做什麼？」

莉娜以質詢的語氣問，但她責備的語氣裡也隱含「阻止不了達也」的死心音調。

「閃靈號現在來到嘉手納基地吧？」

ＵＳＮＡ空軍最新銳的極音速高空戰略偵察機——ＳＲ92「閃靈」。只以純粹的工學航空技術就達到超越十倍音速的速度，性能足以穿越平流層進入中氣層，甚至上升到和外太空交界的卡門線，是極為接近航宙機的航空機。

更值得大書特書的應該是閃靈號也擁有戰略轟炸機的功能。預設存放在武器艙的無人偵察機可以輕易置換為炸彈或飛彈。雖然戰略轟炸機的重要度比起上個世紀來得低，不過對於ＵＳＮＡ來說依然是堪稱珍藏王牌的機種。

「是有來啦……但是不可能用閃靈號降落啊？」

莉娜沒說「無法搭乘閃靈號」。現在的卡諾普斯即使除去政治家的血統也擁有如此強大的影響力。先不提顧傑事件，只要拿出中途島監獄的那件事，卡諾普斯應該不會拒絕。

「用閃靈號降落在西藏不只亂來，更是愚蠢的行徑，我不會做出這種事。這是當然的吧？這種事我想都沒想過。」

達也以「真虧妳想得到這種事」的眼神看向莉娜。考量到保密問題以及所需的跑道與設備，這架最新銳的戰略偵察機能夠起降的機場很有限。若要降落在西藏，先不提政治或軍事層面，在技術層面就辦不到。

「我只是問一下以防萬一啦。」

莉娜以有點賭氣的語氣反駁，也是因為早就知道這一點吧。

「那麼，難道要從閃靈號跳下去？」

「我是這麼打算的。」

「咦咦？」

當成玩笑話的這個問題卻被達也正色肯定，莉娜驚叫出聲。

「要從哪裡跳下去？艙門在超音速的時候打不開啊？」

閃靈號別說在西藏上空，甚至擁有在大亞聯盟各主要都市上空飛行的能力。不過前提是能夠充分發揮飛行性能。

這架偵察機比起隱形功能更重視速度與爬升能力。雖然起碼有考慮到反雷達性能，不過要是在敵國上空以能夠打開艙門的低速飛行肯定會被發現。

「不使用駕駛艙門，是要從武器艙跳下去。」

「空氣阻力怎麼辦？重力勉強能用飛行魔法解決，但是如果使用了能夠抵禦超音速空氣阻力的高強度護壁魔法，即使以你與光宣的本事也還是會被察覺吧？」

「要使用滑翔趴板。」

「滑翔趴板」是衝浪趴板的高空跳傘版本。板子的形狀是一人分大小的銳角等腰三角形，橫切面是接近平面的鈍角等腰三角形。

沒有斜度的平坦部位安裝握把，使用者抓住握把趴在板子上，順著空氣阻力在空中滑翔。運動項目使用的板子當然沒有承受超音速的強度，不過比起護壁魔法，提升板子強度的魔法被地面發現的風險肯定小得多。

「……達也大人，您回來的時候要怎麼做？」

莉娜掛著不是滋味的表情沉默不語，所以這次改由深雪詢問達也。

達也剛才提出的方案沒包含脫逃手段。

「我暫定會搶一架軍機飛到東南亞同盟各國的某處，之後再正常回國。」

「『暫定』的意思是……？」

關於搶奪軍機的計畫，深雪沒吃驚也沒阻止。她盲目地相信以達也的能耐不是難事。她更在意的是達也在「暫定」這兩個字背後的想法。

「傳說布達拉宮的地下有一條祕密通道。目前我認為這單純是傳說，不過如果真實存在的話可能會從那裡逃離。」

「傳說中的祕密通道嗎？」

深雪也終究露出質疑般的表情。

「我並不是真心相信，始終是一種『假設』。而且也還有其他的可能性。」

「請問是什麼樣的可能性？」

「潛入西藏的ＩＰＵ特務或許已經開始暗中活躍。如果利用他們比較容易逃離，我就會這麼做。」

「……感覺這麼做比較理想。」

「要是真的很難逃離，到時候就使用高千穗做為最後的手段吧。」

達也在最後強調這不是賭運氣的計畫，以深雪為首的眾人因而信服。

◇　◇　◇

加利福尼亞州警方通緝中的ＦＡＩＲ首領洛基・狄恩，藏身在隔著海灣位於舊金山市東北部的列治文市祕密居所。現在他獨自待在祕密居所。和他一起從舊金山據點逃過來的心腹兼情婦蘿拉・西蒙前往日本搶奪人造聖遺物，至今還沒回來。

狄恩自從躲進祕密居所就足不出戶。食物以及生活所需的各種物資是由支援他逃亡的組織人員送來。現在見得到他的外人就只有這方面的送貨員。

但是這天拜訪他的不是支援組織裡負責送貨的低階成員。組織的幹部來到這間祕密居所。

美國洪門的幹部——朱元允。

「洪門」是相傳在十七世紀前半成立的漢族祕密結社。不對，由於從上個世紀末就公開其存在，所以稱為「祕密結社」或許不適當。不過從歷史上的分派「黑社會」和他們的關係為首，洪門總是擺脫不了負面傳聞，據說甚至凌駕於國家的組織勢力也無法從外部看清實態，所以至今也無法消除「祕密結社」的印象。

其實狄恩也是洪門的成員。他的外表是南歐裔的白人，其實繼承了不少華僑血統。

狄恩原本只不過是受僱的ＦＡＩＲ首領，真正的統治者是顧傑。狄恩搶走實權的ＦＡＩＲ能夠脫離顧傑成為獨立組織，也是多虧美國西岸華僑與洪門的支援。

狄恩與朱元允是從當時就認識的老交情。ＦＡＩＲ在洪門眼裡只不過是弱小的在地組織，朱元允這樣的高階幹部卻特地來探視ＦＡＩＲ的首領，正是基於這樣的緣分。

「會覺得拘束嗎？有什麼困擾的話請儘管說吧。」

進行整套的寒喧與開場白之後，朱元允以親切語氣詢問狄恩。

「雖然不太自由，但是託朱大人的福沒有不足之處。」

相對的，狄恩的口吻恭敬到難以從他平常的舉止想像。面對朱元允的狄恩不是新興犯罪組織的首領，是傳統祕密結社的成員。

「目前最好還是繼續避免外出。但你真的不覺得匱乏嗎？獨自待在這裡的話，在各方面應該無法滿足吧？」

朱元允沒有使用露骨的形容方式，不過輕易就可以解讀他是在說「男性的生理需求」。

「這麼說來，西蒙小姐還沒回來嗎？」

「朱大人，這件事令我懷疑大亞聯盟的誠意。如果只沒能獲得符合期望的成果就算了，我卻連交付出去的部下都連絡不上，請問這是怎麼回事？記得先前提過，稱為『八仙』的那些人在大亞聯軍之中也是頂尖高手……」

「洛基。」

朱元允懷著同情之意，親切以狄恩的姓氏稱呼。

「你的不滿其來有自。關於西蒙小姐的消息，我會向大亞聯盟問出一個能夠接受的答覆。」

「抱歉勞煩您了，朱大人。」

朱元允笑咪咪答應協助，狄恩深深低頭致意。

◇　◇　◇

西藏潛入計畫討論完畢的隔天早晨。

達也和莉娜來到巳燒島的通訊室。不是普通電話，是能進行高強度編碼通訊的機器一應俱全的房間，應該說是設施。

面對前方的通訊用座位，莉娜以「一定要做嗎？」的表情仰望達也。

達也只稍微揚起嘴角沒說話，看向莉娜回應。

這張笑容隱含的魄力令莉娜畏縮，從達也身上移開視線坐在座位，面向鏡頭與麥克風，以熟練的動作操作面板。

撥號數十秒之後，畫面映出對方的臉。從時間來推測，通知發訊者是莉娜的複雜電子簽章成功解碼之後，對方立刻就接聽了。

「哈囉，班，抱歉在百忙之中打擾。現在方便借點時間嗎？」

『嗯，沒問題。因為我已經回宿舍了。』

通訊對象是STARS現任總司令官——班哲明・卡諾普斯上校。

『有什麼案件需要我們的助力嗎？』

「那個，是沒錯啦……換成委託人自己跟你說吧。」

『委託人？』

莉娜沒回應卡諾普斯的疑惑聲音，和達也交換座位。

「上校，好久不見。」

『司波先生……』

卡諾普斯發出難掩驚訝的聲音。至今卡諾普斯數度協助達也便宜行事，不過都是透過莉娜進行，內容也始終採取「協助莉娜」的形式。這或許是達也第一次直接拜託卡諾普斯。

「事不宜遲說明一下，我有事必須入侵拉薩。」

『……西藏的拉薩嗎？』

「是的。」

幾天前，在印度哈納巴德出差中的伊芙琳·泰勒傳回的通訊內容，在卡諾普斯的腦中復甦。伊芙琳當時說她聽達也提到拉薩埋藏大量的聖遺物。

『方便請教您去那裡有什麼事嗎？』

「這個嘛，您的關心我承擔不起。」

達也面不改色拒絕回答。

對於達也若無其事到厚臉皮的這種態度，卡諾普斯不為所動。

『所以司波先生希望我們做什麼？』

「我想要神不知鬼不覺地入侵。現在閃靈號停在嘉手納基地對吧？」

『意思是您想使用閃靈號偷渡入境？』

「是的。」

達也毫不客氣向卡諾普斯提出的要求，是協助進行昨天討論決定的偷渡西藏計畫。之所以隔了半天才說並非因為猶豫，只不過是考慮到時差。

『……具體來說，您打算怎麼使用閃靈號？』

「以投放偵察無人機的要領，讓我從武器艙跳下去就好。」

『不需要減速或下降？』

「我不會讓貴國的最新銳飛機暴露在危險之中。只要在既定的偵察行程順便讓我與另一人上機就好。」

『您早就知道這次的偵察路線包括西藏嗎？』

「不是早就知道，單純是預測。貴國不可能坐視大亞聯盟與ＩＰＵ局勢逐漸緊張的現狀。」

『說得也是……』

卡諾普斯在畫面上沉思。達也沒催促他答覆。

達也從一開始就知道這種事無法立刻做決定。他毫不懷疑卡諾普斯會允諾協助，但同時也不認為可以當場得到回覆，預料至少要和ＵＳＮＡ聯邦軍參謀總部談過之後才回覆。

『……我有一個條件。』

但是達也的預測失準了。

『從閃靈號降落的時候，可以請您使用隱形潛機嗎？』

卡諾普斯沒和任何人談過，就以附加條件的形式答應讓達也搭乘閃靈號偷渡進入西藏。

「這裡說的『隱形潛機』是？」

不過條件裡提到的「隱形潛機」，是連達也都不知道的名稱。

『「隱形潛機」是以您開發的飛行魔法獲得限定航空能力，用來進行降落潛入作戰的機種。是單人使用的紡錘形密封艙，也具備逃離用的高加速離陸功能，不過在空中的機動性僅止於附帶的程度。我現在傳送資料過去，方便請您確認嗎？』

畫面上的卡諾普斯說完之後，做出像是在操作面板的動作。

幾乎在同一時間，編碼的資料檔案傳送到達也手邊。他立刻將檔案送進解碼機，閱讀開頭標示「機密」的這份資料。

上面記載著「隱形潛機」的概要。

「……看來是類似火箭機的功能。」

『是的。行為模式不是人類魚雷，而是近似個人用的火箭。』

「意思是要我們使用這種新兵器？」

從卡諾普斯的說明來判斷，名為「隱形潛機」的機種是用在潛入敵陣任務的祕密兵器。不只是讓達也利用最新銳偵察機，甚至出借還在保密階段的潛入手段，達也覺得這種態度過於友好。

『開發部門要求提供實戰資料。這項任務得讓STARS冒著風險刻意從高空降落到敵方陣地，目前沒有預定這麼做的計畫。』

換句話說正在尋找白老鼠。這樣的話就可以理解了——達也如此心想。

「在我答應之前，方便讓我實際看看隱形潛機嗎？」

『當然沒問題。只要來到嘉手納基地就可以給您看。即使您看過之後決定中止潛入當然也沒關係。』

「那麼……三天後，下週二下午方便嗎？」

『三天後的下午是吧。知道了，我會安排下去。然後雖然我認為無須多說，不過剛才的檔案可以請您銷毀嗎？』

對於這個真的無須多說的叮嚀，達也點頭回應「我知道了」。卡諾普斯聽完之後結束通訊。

就這樣，潛入拉薩的計畫按照預定可以使用美軍飛機，但達也不覺得自己在這場交涉獲勝。

【5】逃亡

日本與大亞聯盟目前締結正常的邦交關係。雖然水面下維持緊張狀態，不過表面上的經濟交流與人民往來都是和平進行。

所以這一天，降落在東京灣海上國際機場的這名漢人女性，沒人把她當成更勝於敵國人民的威脅而提高警覺。

◇◇◇

位於USNA加利福尼亞州列治文市，洛基・狄恩藏身的祕密居所，迎來一名東亞裔美國人的訪客。

「……不好意思。您是說朱大人立刻就幫忙抗議是吧？」

「是的。主人說八仙的隊長曹先生允諾會好好處理。」

前來拜訪狄恩的是朱元允的傭人。和平常送日用品過來的男性不同，是三十歲前後的女性。

乍看是相貌平凡不會留下印象的外表，仔細看卻會發現是相當標緻的美女。比起臉蛋，隱藏在寬鬆衣服底下的胴體更為肉感。朱元允選擇這名女性擔任使者的意圖無須多問。

不過比起這名女性隱含的意圖，現在必須先深入追問傳話的內容。

「如果您知道而且說出來也無妨，方便說明對方允諾要怎麼處理嗎？」

「樂意之至。此外您對我的態度不必這麼恭敬喔，狄恩大人。」

女性向狄恩嬌豔微笑。從她嬌媚的模樣就明顯看得出來，她是被主人朱元允命令前來填補狄恩「匱乏」的部分。

老實說，狄恩食指大動。但他沒搞錯優先順序。

「我知道了。所以呢？」

「好的。大亞聯盟決定派遣八仙之一的何仙姑前往日本。正如計畫的話，這時候的她應該正好抵達東京。」

「那個人會帶蘿拉回來嗎？」

「曹先生是這麼約定的。」

「這樣啊。」

狄恩並不是百分百相信她——大亞聯盟的「約定」，只是因為現在的他沒有別的方法可行。

狄恩唯一能做的就是靜待這個「不可靠的約定」順利履行。

「我想要再稍微聽妳『慢慢說』。妳不介意吧？」

「是的，一切如您所願。」

狄恩引導女性起身之後，摟著她的腰前往寢室。

◇◇◇

領導日本魔法師社會的十師族都是現代魔法師的家系。從中選出十師族的二十八家即使可能擁有古式魔法的基因，也沒包括古式魔法師的家系。

不過在勢力僅次於十師族的百家之中，古式魔法師占了相當的比例。而且在百家之中，比起在二十一世紀系統化的魔法具備天分而新成為魔法師的家系，更多家系暗中繼承了在現代統一歸為「魔法」的特殊技能，這在某方面來說也是理所當然。

比起獲得新能力的家系，歷代繼承能力的家系明顯傾向於在家族之間共享這種強大又穩定的能力。要是加入「雖然如今使用現代魔法，但原本是古式魔法師家系」的案例，那麼百家有八成以上是古式魔法師的血統。

在這樣的百家之中，被譽為最強之一的是座落在首都圈北部的十六夜家。尤其在標榜古式魔法的百家之間存在著「十六夜家正是百家最強」「十六夜家的實力匹敵十師族」這種說法。

十六夜家的當家有個弟弟。據說只看實力的話優於當家哥哥的這名弟弟叫做十六夜調。他不在哥哥居住的十六夜本家，擁有自己的宅邸。

而且這棟宅邸現在囚禁著ＦＡＩＲ的副領袖蘿拉．西蒙。

「——賓客現在在做什麼？」

調叫住剛才送午餐給蘿拉的女傭，詢問蘿拉如何打發時間。

「西蒙大人好像在用您準備的牌卡占卜。」

「占卜嗎……」

聽完女傭的回答，調稍微皺眉。

「牌卡是我們家給她的東西吧？」

「是的，確定沒錯。」

「這樣啊……辛苦了，妳可以下去了。」

女傭鞠躬致意，調掛著思索的表情從她身旁經過。途中，他在監禁蘿拉的房間門前停步。

提供給蘿拉的牌卡是市售的塔羅牌。調親自確認過沒隱含魔法性質的能力。即使是再高明的魔女，既然媒介是那種玩具，肯定無法使用太強的咒法……

調在門前重新這麼思考。

最後他沒進入房間就離開。

◇◇◇

「虛假的情誼、助力，以及脫離困境嗎……挺微妙的。」

占卜結束的蘿拉嘆了口氣。女傭送來的餐點還沒動過。事到如今並不是提防餐點下藥，只是因為正在占卜所以放著沒吃。

十六夜調誤會了。不對，是低估蘿拉了。對她來說，牌卡是否隱含魔力不成問題。只要標誌符號大致正確就是十分實用的占術媒介。

從這一點來說，日本廠商精心製作的牌卡，即使是市售商品，完成度也高得驚人。蘿拉收到牌卡檢視的時候甚至懷疑是陷阱。不用說，她當然仔細檢查過牌卡。

蘿拉的身體突然一顫，原本懶洋洋的姿勢像是插入一根棒子般打直背脊，變得面無表情。

幻視來臨了。魔女的「幻視」不是主動觀看，而是被動接收影像。對於魔女來說，占卜道具只不過是用來更容易獲得幻視的工具。

就算按照既定程序進行，也不是每次都能獲得幻視。同時道具的好壞也不是幻視的決定性要素。或許是這一點導致十六夜調的誤解。

只要按照既定程序進行就可以獲得卦象，精密度依照術士的能耐而定。調熟悉的占術都是這麼回事。市售的玩具算不出像樣的卦象。調下意識認為魔女的占卜也依循同樣的基本原理。

以這個例子來說，結果截然不同。蘿拉以市售的塔羅牌為踏台潛入幻視之中。

「八仙的女人……我記住妳的長相了。」

從幻視回到現實的蘿拉輕聲這麼說。

◇◇◇

星期二下午。達也搭乘私人噴射機降落在那霸機場。

走在機場大廳的他，有許多監視的眼線緊跟不放。公安、陸軍情報部、外國諜報員。光是達也要搭乘私人飛機起飛的情報，就會有這麼多的人員出動。

達也察覺到自己被監視。這是習以為常的事。監視的一方也沒有那麼致力於藏身。國內勢力在這方面的傾向尤其明顯。他們的監視主要是牽制的意思。

不過即使習以為常，達也也沒有道義一直甘願被眾人觀察行動。今天的大廳比較冷清，在這種狀況基本上不會因為混入人群而再也看不見背影。

——即使如此，包括國內勢力與國外勢力，監視達也的人們都在大廳追丟達也。

「追丟目標了。那邊如何？」

「這邊還沒看見目標。真的是往這裡走嗎？」

剛才監視達也的情報部人員輕聲通訊。公安部人員或外國諜報員之間也在進行類似的對話。

他們的聲音都透露放棄的念頭。這不是今天才發生的事，反倒每次都是如此。明明沒有移開視線，卻不知何時變得無法認知。使用搭載最新人像辨識AI的追蹤裝置也一樣。人與機械都無法捕捉到達也的身影。

「當代頂尖忍者的徒弟不是浪得虛名嗎……」

「我們也去學忍術吧？」

這種不知道是開玩笑還是認真的對話也是例行公事。

達也很乾脆地甩掉監視眼線之後，和隨行的青年一起搭乘無人計程車。以「精靈之眼」搭配諜報機器掃描裝置確認車上沒暗藏竊聽與偷拍工具之後，達也將目的地設定為嘉手納町的餐廳。

在行駛的計程車上，達也向隨行的青年搭話。

「只要和光宣你在一起，想甩掉監視就輕鬆多了。」

給人不起眼印象的青年，是以「扮裝行列」喬裝的光宣。照例不只是長相，連身高與體型都改變，所以與其說喬裝或許應該說變身。

「但我覺得只有達也你一個人也差不多。我的『鬼門遁甲』幾乎沒發揮功用。」

光宣（變成的青年）略帶苦笑回應達也的話語。他並不是在謙虛。他實際感覺「鬼門遁甲」沒什麼用武之地。

「鬼門遁甲」是以外部朝向術士的視線為媒介產生作用的魔法。干涉肉眼辨識的機制造成認知失常。對方注視得愈專心，這個魔法的效果就愈強。

不過達也的忍術實力已經提升到能讓自己的氣息和空氣同化不容外人認知。受到排擠失去存在感而被人無視的人會被形容為「化為空氣」，能夠主動引發「化為空氣」這種狀態的忍術，達也已經運用得爐火純青。

認知阻害魔法「冥隱」是即使被別人看見也不會被認出真實身分的魔法，不過達也從八雲那裡「偷來」的這個忍術是讓自己化為風景的一部分，不讓人冒出想要觀看的念頭。

以視線為媒介的「鬼門遁甲」，必須在視線蓄意朝向術士的時候才能產生作用。只要達也的忍術發揮作用，「鬼門遁甲」就沒有登場的餘地。

「你一開始用『鬼門遁甲』製造契機，我才得以比平常更輕易從旁人的意識消失。你的『鬼門遁甲』確實發揮功用了。」

「那就好。」

達也非常正經如此回應，光宣的笑容也從「略帶苦笑」刪除「略帶」兩字。

正如先前和卡諾普斯討論的計畫一樣，迎接兩人的美軍軍官在嘉手納町的餐廳等待。

「好久不見，司波先生。」

達也認識這名女性軍官。

「記得是希兒薇雅·瑪袞利准尉沒錯嗎？」

「現在被任命為少尉。三年前的那個事件受您照顧了，請容我重新致謝。」

前來迎接的軍人是STARS行星級隊員——希兒薇雅·瑪袞利少尉。她在三年前肩負特殊任務入侵日本，和同伴一起被逮捕囚禁在房總半島南端收容所，後來被達也救出。

「不用客氣。那件事是利害關係一致的結果，所以不必在意。」

釋放被監禁的美軍特務，是四葉家和STARS交易成立的結果。而且當時的達也和部分國防軍處於敵對關係，這次的釋放也對他本身有利。

「今天請多多指教。」

「知道了。一起來的這位是……」

希兒薇雅看向光宣。

「少尉，請多指教。我叫做櫻島光。」

光宣以護照也有使用的假名進行自我介紹。光宣「擄走」水波的時候曾經祕密前往西北夏威夷群島的基地，所以美軍之間知道他的長相。何況是那種異於常人的美貌。希兒薇雅也清楚記得光宣的長相。

但她完全沒察覺面前的不起眼青年就是那個九島光宣。

靠著希兒薇雅駕駛的自動車，達也與光宣完全沒引人起疑就進入嘉手納基地。基地始終是日本所有，但這裡同時也是日美共同基地。

在日美同盟指定下，同盟國可以將此基地當成本國基地來利用。這在形式上不是單方面的利用，USNA國內也設定了日軍能使用的共同基地。

基於共同基地的性質，美軍的軍官實質上是自由進出。應該可以當成外交官特權之類。步哨只檢查了希兒薇雅的ID卡，並沒有過問達也與光宣的身分，甚至沒要求兩人所坐的後座搖下防窺車窗。

現在，真正的「隱形潛機」就在兩人面前。

「雖說和資料寫的一樣，不過意外地小巧……」

「因為是潛入用的機種，小型化很合理。」

達也對於光宣這句呢喃如此回應，並不是在意引導人員會聽到而說的客套話。是他發自真心的感想。

隱形潛機全長約四點五公尺，最大寬度與高度約一點八公尺，是前後偏窄的紡錘形。完全沒有主翼、尾翼、吸氣口與排氣噴嘴。表面是平滑的曲面，毫無光澤的漆黑色。看來隱形功能比起機體形狀更依賴材質。雖然這麼說，但是因為不會主動排放熱量（流體摩擦會導致壓縮的空氣發熱），所以即使被偵測到也很可能會誤認是隕石或火山岩。

「裡面意外地寬敞。」

看向內部的光宣發出稍微鬆一口氣的聲音。

「比喻為人類魚雷不太合適。算是初期有人火箭酬載回收艙的個人用版本吧。」

空降人員不是趴著進入機體，而是以半仰躺的姿勢坐在可以調節放平的座位上。以這種搭乘方式來說，如果有窗子肯定會造成不安，然而不知道是否該說幸好，機身是完全密閉的，連光學鏡頭都沒有，外部的觀測全部徹底交給雷達與磁氣感應器。

「……操縱的部分很單純。」

坐在座位接受教學的光宣，抬頭看向一旁探頭窺視的達也說出感想。

「飛行魔法系統的觸感如何？」

「反應不差，但要駕馭這架機種的話有點靠不住。最好認定始終只能在短時間運用。」

「這部分也和資料記載的一樣嗎……不過以我們的目的來說，這樣就夠了。」

「我也這麼認為。」

達也與光宣像這樣實際看過之後，都對隱形潛機打了及格分數。

◇　◇　◇

達也他們造訪嘉手納基地的這時候，位於前埼玉縣的十六夜調宅邸發生一場騷動。

蘿拉打破房間的封印從宅邸消失了。

「──這樣啊，逃走了嗎？」

調不改冷靜的態度，和狼狽與焦急心情畢露的部下成為對比。

「從房間留下的殘影來看，逃走至今還不到三十分鐘。應該可以抓回來！請您許可！」

一名部下以非常激動的語氣要求調准許搜索。被對方從囚禁的宅邸逃走，對此感到侮辱的不只他一人。證據就是周圍發出好幾個贊同的聲音。

「不必搜索。」

對於這樣的他們來說，調的回答出乎意料又難以接受。雖然沒人當面反抗，低調表達不平的聲音卻不只一個。

「我的式鬼有捕捉到蘿拉．西蒙的行蹤。」

但是調的這句話，使得這份不平化為感嘆。

「……調大人早就料到那個女人會逃走嗎？」

「那當然。那個女人不會一直安分下去，你們也是從一開始就知道吧？」

「從一開始就……那麼派出式鬼的時間也是……？」

對於這個問題，調以暗藏玄機的笑容回答。

眾人紛紛發出「喔喔！」的稱讚聲。

「拿那個東西過來。」

調朝著房間角落待命的少年部下搭話。不對，少年還不能獨當一面，所以不是部下，應該稱為徒弟。

徒弟少年精神抖擻行禮之後離開房間，沒多久就回來了。

他雙手捧著白木方盤。方盤上放著一疊符咒。

「這些追捕之符和我派去跟隨那個女人的式鬼成對。目的是要逮捕協助她潛入的間諜。」

「那個女的就是用來逮捕的誘餌嗎……」

「ＦＡＩＲ這種雜碎菜鳥交給十師族那些人應付就好。我們必須除掉的是協助歹徒弄髒這個國家的元凶。在元凶的間諜現身之前，別被那個女的發現啊。追捕之符就是為此而準備的。」

「遵命！」

部下們齊聲回應調的命令，然後接連拿起方盤上的符咒。

◇◇◇

成功逃離十六夜調宅邸的蘿拉往東走。說來意外，她的代步工具是警車。

蘿拉並不是輕鬆逃出宅邸。十六夜調打算在最後拿她來放長線釣大魚，卻沒有決定這麼做的時機。因為他不知道間諜會在什麼時候試著接觸蘿拉。

所以調用來囚禁她的法術不會在恰巧的時機減弱。同時，要是囚犯沒能破解法術，調也無法完成真正的目的。因此調將「封鎖之術」設定為沒有輔助手段的蘿拉無法解除的難度，以及只要她使出全力就可以破壞的強度。

調低估了蘿拉的占術實力。說實話，他不是在等蘿拉自己行動，而是在等間諜前來接觸。雖然在部下面前露出「一切正如計畫進行」的表情，但他只在這一點失算。

不過「以市售的牌卡無法使用像樣的咒法」這一點正如他的推測。調提供的塔羅牌不會成為輔助蘿拉魔法的媒介，蘿拉只能依賴自己的魔法力破解調的法術。

用盡全力突破調的法術之後，蘿拉從內到外都很淒慘。精神上當然非常疲勞，破解具備物理拘束力的法術產生的反作用力磨破她的單薄上衣與裙子各處，眼睛下方冒出黑眼圈，全身洋溢著倦怠感。

乍看之下像是受到長時間的虐待。淒慘到騎腳踏車巡邏的警察前來關切。

蘿拉魅惑了這名警察。不是以女性的魅力（但也不是完全沒使用）而是魔女的魔法。魅惑男性的魔眼是魔女的基本技能。即使對於調這種抵抗力強的高階魔法師不管用，如果對方是魔法師以外的普通人，即使是鍛鍊出強健精神的警察，以蘿拉的能耐也足以魅惑。

雖說是魅惑，卻不是完全奪走自由意志打造為傀儡，是激發身為男性的親切心態，讓對方想要以警車送她前往「安全的場所」。不只一人，派出所的同僚警察也同樣被蘿拉魅惑。

蘿拉的逃亡就像這樣看起來很順利，但是逃離時消耗的力量沒有回復。因此她沒察覺調的式鬼躲藏在影子裡。

◇◇◇

為了讓蘿拉回到USNA而派來日本的八仙之一——何仙姑，擅長的是改變外表的魔法。雖然機制和莉娜或光宣的「扮裝行列」不同，但是從偽造外表的這一點來說，何仙姑的「變化」比起「扮裝行列」有過之而無不及。何仙姑運用這個魔法融入首都圈的一角。

何仙姑這次不是第一次來到日本，她偷渡入境的次數甚至超過二十次。不只是日本，她活用「變化」的魔法飛往東亞各地，建立許多特務據點至今。換句話說是潛入與設置據點的專家。

她現在的藏身處是先前在日本各地設置的據點之一。五年前的橫濱侵略作戰那時候，她將東京的據點讓給陳祥山做為代價，請日本人的協助者買下這間位於前埼玉縣南部的民宅。

獲得這個據點的過程中，周公瑾以及旅日華僑都沒有參與。因此即使陸軍情報部與公安清查周公瑾到顧傑這條線的特務據點也沒查到這裡。

這裡不可能被別人知道。即使如此，何仙姑還是感覺到有日本魔法師使喚的小鬼接近。

何仙姑有學習日本古式魔法的相關知識當成特務工作所需的情報。可以辨識別人對她用過或是正要對她使用的是何種法術。

被陰陽師使喚的式鬼依附的某人正在接近——何仙姑有這種感覺。

（看來不是主動帶在身旁，是在沒察覺的時候被依附的……）

（被依附的對象是……魔法師嗎？普通人就算了，被小鬼附身居然沒察覺，真是丟臉。）

何仙姑在內心輕聲說出侮蔑的話語，然後忽然稍微歪過腦袋。她腦中浮現兩個疑問。

第一，被式鬼依附的魔法師從氣息來看不是弱者，這令她感到不對勁。依照她的感覺，和式鬼一起接近的魔法師實力相當了得。這種高階魔法師沒察覺式鬼附身很不自然。

第二，這名魔法師散發的氣息應該是「魔女」。這次何仙姑的目的是救出「魔女」。被式鬼附身的這名魔法師或許是這次要救出的對象。

若是這樣，狀況就不太妙。那名「魔女」是要釣出我的誘餌，式鬼是為了找出我的藏身處而依附在她身上——何仙姑這麼認為。

如果這是敵方的計謀，她必須擬定對策。最簡單的做法就是不和正在接近的「魔女」見面。雖然不知道對方到底如何掌握到這個藏身處，但是這邊也捕捉到式鬼的氣息所以不難躲避。

然而這是等同於放棄任務的最後手段。不如在這時候剝奪追蹤者的行動能力，事後要逃離日本也比較容易。

既然感應得到式鬼接近，追蹤者應該不知道這邊擁有對付小鬼的法術吧——何仙姑如此心想並且開始準備陷阱。

◇◇◇

「謝謝警察先生。到這裡就好，辛苦兩位了。」

蘿拉露出性感的笑容慰勞警察。或許有不少人認為「一般人」對警察說這種話不適當，但是身為當事人的兩名警察都笑著回答「保重」，在警車上目送蘿拉。

蘿拉走向一間獨棟住宅，在中途轉身向後，確認警察的車輛遠離之後改變行進方向。

站在平凡無奇的中古獨棟住宅前方，蘿拉輕聲說「是這裡吧」。

「初次見面，我是蘿拉・西蒙。」

「在日本請叫我加瀨蓮花。」

何仙姑如此回應蘿拉的自我介紹。

「在日本是吧……」

「是的。除此之外的名字還是別說比較好。要是妳情急之下說出別的名字只會引人起疑。」

「我不會犯下這種過錯。」

蘿拉採取強勢態度，應該因為是不想示弱，也就是虛張聲勢，不過在對方立場壓倒性強勁的時候，這邊展露軟弱態度的話就輸了。會在這時候決定階級關係。這是她所在世界的法則。

「妳是『八仙』吧？可以告訴我代號嗎？」

「我剛才說過別知道比較好……」

即使被說中八仙的身分，何仙姑也絲毫沒露出慌張模樣。她以無從捉摸的笑容拒絕蘿拉的要求。

代號不是本名，但是身為魔法師的名字比起日本假名更接近本質。蘿拉抱持這個想法試著打聽對方的八仙代號，何仙姑的戒心卻比她預料的更強。

「……這樣啊。話說帶我來到日本，和妳同輩的呂洞賓怎麼了？」

「去回收其他人了。」

蘿拉改變進攻方式試著撼動對方，但何仙姑依然不為所動。

「那麼是妳要協助我逃走嗎？」

「是的。事不宜遲立刻行動吧。」

「——收到。」

雖然不是沉默寡言卻不會透露多餘情報的何仙姑巧妙應答，使得蘿拉決定暫時放棄試探。

「首先收下這個。」

「護照？我有喔。」

何仙姑向蘿拉遞出USNA的護照。

「那本護照可能被註記了。換一本比較保險。」

「這樣啊。我知道了。」

蘿拉很乾脆地這麼說完，從唯一隨身攜帶的小包包取出入境時使用的護照。

這一瞬間，蘿拉板起臉了。逃離十六夜調的宅邸時塞進包包的護照，原本應該向警察出示的時候也沒有拿出來，所以她離開宅邸至今是第一次碰護照。

「那個男的！」

蘿拉突然柳眉倒豎，將護照甩到地上。

「居然搞這種小動作！」

蘿拉注入「力量」踩踏護照。

人造精靈——式鬼從護照紙頁冒出來，在蘿拉腳底消散。

何仙姑掛著沒有感情的笑容看著這一幕。

她已經看穿護照的式鬼只是幌子，真正的式鬼依附在別的地方。

對於沒察覺這一點的蘿拉，何仙姑在內心露出和表面笑容不同種類的冷笑。

「樓上的寢室也有準備替換用的衣物。」

這是在間接指示蘿拉換衣服，蘿拉沒有反抗。她從何仙姑手中搶走新的護照，前往準備了替換用衣物的二樓。

不久之後，換裝完畢的蘿拉拿著脫掉的衣服回來了。

「這件衣服暗藏了符咒。」

然後她稍微捏起身上衣服的領子，以透露不悅的語氣向何仙姑抱怨。

「那是用來迴避追蹤魔法的符咒。基於同樣的理由，剛才穿的衣服留在這裡吧。」

不過既然聽她這麼說，剛才沒察覺護照藏著式鬼的蘿拉無法反駁。

「那麼立刻移動吧。」

「——好的，麻煩帶路。」

蘿拉不改虛張聲勢的態度，以高傲語氣回應。

何仙姑就這麼掛著淺淺的笑容，帶著這樣的蘿拉離開據點。

留下蘿拉脫掉的衣服以及殘存十六夜調咒力的護照。

◇◇◇

在追蹤蘿拉的自動車上，十六夜調感應到隱藏在蘿拉假護照裡的式鬼被破壞了。

「呵，終於察覺了嗎……」

然後他失笑低語。不過語氣沒有嘲笑的意思。對於調來說，蘿拉這種「小角色」遲遲沒察覺他的法術是理所當然。

躲在影子裡的主力式鬼依然健在。從剛才就沒移動。大概是除掉幌子式鬼之後掉以輕心吧。考慮到蘿拉正在逃走會覺得她相當悠哉，但是調沒有覺得不對勁。

對於調來說，ＦＡＩＲ只不過是他隨意操控的「進人類戰線」合作對象，和那些沒察覺被他操控的雜碎們屬於相同水準的組織。

程度這麼差的傢伙以及從中牽線的特務，不配成為我的敵人——十六夜調沒有特別意識到這一點就自然而然這麼認為。

和式鬼連動的符咒——追捕之符指示的地點是平凡無奇的中古獨棟住宅。調以眼神命令部下布陣包圍，進而取出符咒化為式鬼派進屋內偵察。

透過式鬼環視屋內的調，下意識地皺起眉頭。

——沒有任何人。

「調大人，包圍完畢了。」

此時部下的隊長前來報告。

「知道了。兩個人跟我來。」

「是。喂！」

兩名術士遵從隊長的命令，跟在調的身後。

雖然沒有人影，卻感覺到氣息。最重要的是依附在蘿拉·西蒙身上的式鬼待在屋內。為了親眼確認這個不自然狀況的真相，調讓兩名部下保護在背後，進入這間祕密居所。

進入屋內的調清楚捕捉到兩名人類的氣息。感覺比起從屋外透過式鬼眼睛觀看還要明瞭。其中一個肯定是蘿拉・西蒙的氣息。

（耍這種小聰明——）

（察覺到幌子式鬼之後，架設了妨礙「知覺同步」的結界嗎？）

術士就像是位於現場見聞般感覺到式鬼的所見所聞，這就是古式魔法的術式「知覺同步」。調認為肯定是間諜架設了妨礙這個術式的結界，以免自己與蘿拉的身影被發現。

調不覺得這是蘿拉的魔法。魔女的魔法是干涉「人類」這個事象。對象是妖魔還很難說，但是很難想像她能使用干涉式鬼的法術。如果做得到這種事，蘿拉肯定能夠更俐落地逃走。

能使用這種程度的法術嗎——調對於前來協助蘿拉逃亡的間諜懷抱些許戒心。但他依然不懷疑自己占優勢。他的自負不會因為這種程度就動搖。

從一般獨棟住宅的格局來看，蘿拉位於客廳，另一人躲藏的場所應該是廚房。調取出飛鏢大小的「破魔矢」，用力打開推測是通往客廳的門。

「上鉤了。」

◇　◇　◇

在前往機場的無人計程車上，何仙姑忽然輕聲這麼說。

「什麼東西上鉤？」

坐在旁邊的蘿拉問。只不過，她不期待這名同行者會回答。

「自命不凡的追蹤者。」

然而一反蘿拉的預料，何仙姑以笑容回答。似乎很快樂的這張笑容看在蘿拉眼中，感覺是這名神祕協助者首度發自真心展露的情感。

「可以稍微說明得詳細一點嗎？」

蘿拉抱持不期不待的心情深入發問。

「日本的魔法師似乎不熟悉陣術。」

「陣術？」

「封鎖現場的結界術或是使喚小鬼的召鬼術確實有亮眼之處。但是因為慣於使用結界術，對於沒有完全封閉的法陣就疏於提防。也因為對於召鬼術胡亂抱持自信，所以沒察覺小鬼的統治權被搶走。而且說到召鬼的符術，我們才是發源地。」

「……意思是妳搶走那個男人的使魔？」

「正確來說不是搶走，是改寫命令。不是依附在西蒙小姐妳身上，而是依附在沾染妳體液的衣服。」

「體液……也就是汗水嗎？妳是為此才叫我換衣服？」

蘿拉不悅般板起臉。她好歹也是女性，得知沾染自己汗水的衣服被拿來當成誘餌，自然沒辦法心平氣和。

「我有好好知會妳喔。我說過為了避免追蹤而請妳換衣服。」

「……………」

「脫掉的衣服和妳的『緣分』已經斷絕，所以不用擔心被用來發動咒法。」

「我可沒擔心這種事。別以為反射詛咒是你們的專利。」

「這就是我失禮了……」

何仙姑重新露出客氣的笑容。總覺得這種笑法是瞧不起人，蘿拉感到不快，但是在這時候生氣很幼稚所以自制。

◇　◇　◇

為什麼變成這樣！調在內心不斷喊著像是二流喜劇台詞的這句話。

他進入客廳看見的東西，是脫掉的衣服以及被踩爛的假護照。沒看見人影。蘿拉與間諜都無影無蹤。調不得不承認自己完全被算計了。

調咬牙忍受恥辱，立刻想要再度開始追蹤。只要以蘿拉脫掉的衣服為媒介，要查到她的去向並非難事。他以這種想法安慰自己。

調命令部下撿起蘿拉的衣服，準備離開這棟藏身用的獨棟住宅。他想要盡快離開這個討厭的場所。

然而——他走不出這個家了。

這裡是不算寬敞，平凡的中古兩層樓建築。不足以令人忘記或搞錯室內格局。現在所在的客廳位置，是進入玄關之後的旁邊。前往屋外的路線無須思考就立刻浮現在腦海。

然而他們——調與他的部下都走錯路了。

明明想要走到通往玄關的走廊，但是他們從沒關門的出入口移動到的地點是飯廳。連忙前往走廊一看，該處是階梯。在這個時間點，調終究察覺己方陷入敵人的法術之中。

「這恐怕是『八門遁甲』的術法。放出式鬼尋找『開門』吧。」

調停下腳步取出符咒，同時也對部下這麼指示。「八門遁甲」是在東亞大陸從占術發展的古式魔法，是形成魔法性質的力場——「陣」的大規模領域魔法之一。「陣」的魔法是指定土地或房屋為目標對象，大多會賦予幻術性質的效果。和通常的領域魔法相比，效果範圍較廣卻需要費時準備，而且無法發揮太強的能力。

為了彌補效力不足的缺點所使用的技術，是在指定領域內刻意製造效果較差的區域，提升魔法作用在其他區域的效果。「八門遁甲」就是典型的例子。此外「鬼門遁甲」和「八門遁甲」是系出同源的魔法，但如今這兩者截然不同。

原本占術裡的八門遁甲定義三個方位屬吉、四個方位屬凶，還有一個方位是吉凶參半。至於「陣」的古式魔法也有三個可以逃離危難的區域，不過只有一個可以成為逃離路線。另外兩個只是俗稱的安全地帶。調指示尋找的「開門」就是唯一的逃離路線。

前面也說過好幾次，調中計進入的這個藏身處是平凡的獨棟住宅，不算寬敞的兩層樓建築。依照調的感覺，坦白說很狹小。至少完全比不上他居住的宅邸。

（……為什麼！）

無法逃離這間狹小住家的調，在內心發出不知道是第幾次的哀號。沒說出口是基於他僅有的尊嚴，卻也不知道還能撐多久。最擔心這一點的不是別人正是調自己。

「八門遁甲」對於調來說並不是未知的魔法。雖然不至於親自使用，卻研究過破解的方法，以備將來遭遇到使用這個魔法的敵人。現在正是這種狀況。所以他沒被迷惑心智，立刻察覺這是「八門遁甲」，也成功找到逃離路線「開門」的場所。然而「開門」離他很遠。明明選擇正確的路徑，卻不知為何走不到。

調沒察覺「八門遁甲」還重疊了另一個魔法。

八仙何仙姑的拿手魔法是「變化」。這不只是改變自己外表的魔法，也不只是能夠改變自己與別人的外表。除了改變人類的「外表」，也可以讓情報體展現不同的樣貌。

莉娜與光宣的「扮裝行列」是製造假的情報體覆蓋原本的情報體。但是何仙姑的「變化」是讓觀測情報體的知覺失常。

由於不是偽裝情報體本身，所以對於直接觀測情報次元的「精靈之眼」這種高階知覺能力不管用。不過一般魔法師以「視覺」經由事物或事象讀取背後的情報時，幻影就會在這段過程映入「眼」中。

而且這個魔法是以符咒這種實際的物體做為媒介。「變化」的效果會維持到符咒失去力量。

相較於基本上不使用物體當媒介的現代魔法，使用實際物體為媒介的古式魔法，持續時間有著較長的傾向。這是古式魔法相對於現代魔法的特徵之一。雖然持續時間較長未必算是優點（持續時間比較長，反過來說就是解除的時候比較麻煩），不過當成陷阱使用的時候肯定很方便。

調經由式鬼讀取的「八門遁甲」構造，被何仙姑的這個魔法扭曲了真正的樣貌。

調成功逃出「八門遁甲」的時候，載著蘿拉的無人計程車已經抵達機場。如同何仙姑打的包票，要從蘿拉留下的衣服下咒是不可能的事。

蘿拉在何仙姑的帶領之下平安逃離日本，十六夜調的自尊被打得粉碎。

【6】偷渡出境

達也與光宣造訪沖繩的嘉手納基地，蘿拉成功逃離日本的這天晚上。

在熄燈之後巡視完畢的病房裡，遼介揹著只裝入最底限隨身物品的背包打開窗戶。

季節是盛夏。窗戶因為有開冷氣而緊閉，但是也有住院患者不喜歡冷氣想要通風，所以光是打開窗戶不會啟人疑竇。不過在跨越窗框的下一瞬間應該就會觸動警鈴吧。這裡不是監獄，所以警鈴不是防範脫逃，是提防有人意外墜樓或自殺而設置的。

「最好別這麼做。要是從窗戶跳出去，立刻會被發現。」

猶豫的遼介背後傳來這句完全說中現在心情的話語，他連忙轉過身去。

不知何時，該處站著一個存在感稀薄的人影。

不高也不矮，不胖也不瘦，體型毫無特徵到不自然的程度。

臉孔也一樣，雖然端正卻沒有稱得上特徵的點，客觀來看勉強算是英俊，卻過於缺乏引人注目的亮點，只令人留下不起眼的印象。外表看起來簡直是使用名為「平凡」的鑄模量產的男性。

「是誰？」

遼介保有判斷力與冷靜，沒在這時候大呼小叫。

「你的幫手。」

男性的回答使得遼介皺眉。

遼介沒問男性的名字。因為他知道對方一定不會回答。

「幫手？要幫我什麼？」

沒問名字的遼介改問這個問題。

「你想去美國吧？」

男性以問題做為回答。

「……我可不打算偷渡入境喔。」

「不用協助嗎？」

遼介沒回應。

沒點頭也沒搖頭。

若是被問到「不用協助嗎」，他無法同意「不用」，對於意味著「助你一臂之力吧」的這句話，他也無法回答「不需要」。

「何況逃離醫院也沒有意義。這種事你肯定知道才對。」

這次遼介也完全無法回嘴。

確實如這名男性所說。即使為了申請可以長期居留的簽證而安排前往大使館接受面試，簽證也不是當場立刻發放。實際上再怎麼順利也要數週後甚至數個月後才會發放簽證。

遼介預定在兩天後出院。即使今晚溜出醫院，效果也僅止於讓熟人暫時找不到他。結果很可能招致不必要的風波。

到頭來，遼介只是無法擺脫逃避的衝動。單純是因為過度害怕家人知道他在哪裡，所以性急想要逃走。其實他自己也理解這一點。

「首先需要以和平的形式出院。」

面對說不出話的遼介，男性沒有強迫他回答，而是自行說下去。

「這邊會安排讓你提早一天在明天出院。只要同時向你工作的地點申請離職，即使後來銷聲匿跡也不會被警方介入。」

「做得到這種事嗎……？」

「醫院這邊交給我。離職申請單在線上繳交就好。」

「線上……」

「做不到嗎？」

「不，我做得到……可是這樣太不講道義了……」

男性朝著猶豫的遼介露出傻眼表情。

「在意道義這種東西也沒用吧？」

男性以話中有話的語氣這麼說。

「——呼哈！」

遼介忍不住出聲嘲笑。

這是在嘲笑他自己的聲音。想要連夜潛逃的自己居然會在意道義問題，他覺得這連笑話都稱不上。

遼介因而下定決心了。

「我重新拜託一次。請助我一臂之力。」

「知道了。我是大門。」

「大戶先生啊。我想你應該知道，我是遠上遼介。請多指教。」

遼介將「大門」這個姓解釋為日文同音的「大戶」，進行遲來的自我介紹。

沒有伸手示意握手。

「明天早上我會再來。」

「知道了。」

男性無聲無息離開病房。

遼介放下背上的背包，換穿睡衣上床。

隔天上午還算早的時間，遼介自行辦理出院手續。出院日在早晨的時間點已經變更。動手腳的人不用說，當然是昨晚謊報「大門」這個姓氏接觸遼介的藤林大門。

遼介離開醫院之後，前往伊豆的員工宿舍。他原本就打算在不久的將來回到美國，所以放在員工宿舍的行李不多。即使如此，還是需要回收包括護照在內的貴重物品。

遼介順利進入員工宿舍——他還是這裡的住戶，所以是理所當然。

可能會被保全系統擋在門外。懷著這一絲擔憂的遼介心想「是我想太多吧……」覺得自己很好笑。

離職手續是在房間附設的終端機進行。這是因為他房間裡的東西太少，看不下去的藤林使用聯社的經費追加這個設備。把錢浪費在這種地方，使得遼介冒出少許的罪惡感。

但遼介基於立場不可能就這麼繼續待在魔法人聯社——待在日本。他已經下定決心。刻意說得誇張一點就是無法回頭，接下來只能橫渡盧比孔河。遼介寄出離職申請書之後就是這種心境。

不過後續已經預約要在下午前往USNA大使館進行簽證申請的面試，沒時間沉浸在感傷之中。遼介將整理好的隨身物品塞進回國時也使用到的三用背包揹起來，將鑰匙留在室內之後便離開房間。

雖然在這個時代不稀奇，不過這棟員工宿舍沒有管理員。發生問題的時候，管理公司的職員會趕來處理。遼介肯定能在不被任何人盤問的狀況下，離開住了好幾個月的這個場所。

然而在以電子鎖管制進出的宿舍大廳，他遭遇了出乎意料的事態。

今天是星期三。魔法人聯社與魔工院當然都在辦公。

「——哎呀？遠上先生？」

但是不知為何，遼介在員工宿舍大廳撞見真由美。

◇　◇　◇

真由美在這個時間點回到員工宿舍完全是偶然。職場缺了某些東西，與其用買的還不如回到自己房間拿比較快，單純是這個原因。對於真由美來說，在這裡遇到遼介也是出乎她的預料。

「七草小姐……」

遼介氣色很差。雖然不到慘白的程度，但是不必接近也看得出來失去血色。

是因為剛出院嗎？想到這裡，真由美察覺一件事。

「遠上先生，你預定是明天出院吧？」

「…………」

遼介答不出來。

討厭的預感在真由美內心膨脹。

「遠上先生，那些行李是？應該不是要出差吧？」

「……我剛才繳交離職申請書了。」

「要回去老家嗎？」

真由美在詢問的同時確信「不是這樣」。

「……沒要回老家。」

「那麼……要去哪裡？」

真由美認為這麼問或許是冒犯隱私。她和遼介單純是職場同事，而且從今年四月才開始打交道。不過彼此是聯手對付過歹徒三次的交情，是一同出生入死的夥伴。真由美無法漠不關心。

「…………」

「難道說，你又要去美國？」

遼介沒回答，但是真由美從他的表情猜到答案。

「……這樣啊。你打算赴美之後再也不回來了吧。」

「……是的。」

大概是終於認命，遼介親口承認了。

真由美露出哀傷表情低頭。

遼介臉上露出慌張表情，但他不需要心想「為什麼？」而困惑。

「以為我會把你的事情透露給你的家人嗎？所以覺得在日本待不下去？」

「這是誤會！」

知道真由美誤會什麼事的遼介大聲否定。

「我之所以回來日本，是因為Milady——蕾娜・費爾命令我調查司波常務到底有什麼企圖。我從一開始就是間諜！」

面對突然開始大聲自白的遼介，真由美總之先大幅眨眼表示詫異。

「契機確實是因為聽七草小姐提到我妹。不過這單純是契機。魔法人協進會和FEHR合作計畫成立的現在，我判斷間諜工作已經結束，所以決定回去FEHR。」

「『回去』嗎……」

真由美露出保守的笑容。遼介從這張笑臉感受到些許寂寞。他立刻心想「不可能這樣」否定自己的印象，卻無法消除罪惡感。

「遠上先生的忠誠是奉獻給蕾娜吧。」

「——是的。」

遼介確實點了點頭。他無法含糊回答這個問題。

「可是，應該不需要拋棄日本——拋棄祖國吧？何況你甚至要斬斷和家人的情誼，我不認為這麼做是對的。」

搪塞的話語不管用──遼介如此心想。

遼介不必在這時候說服真由美。無論她怎麼說，遼介接下來要採取的行動也不會改變，反倒還不應該在這裡「浪費」時間。

「我想為了Milady效力，直到她說再也不需要我。」

但是遼介沒聽從自身理性做出的冷靜判斷。

「我想把自己的時間全部用在Milady身上，沒有其他事物介入的餘地。」

「……包括你的家人？」

真由美的表情被遼介的熱意震懾，但她依然擠出反駁的話語。

「是的。」

然而聽他毫不猶豫這麼說，真由美終於語塞。

「我不是個好東西。是不孝的兒子，無情的老哥。五年前的我應該會帶頭責備、臭罵這樣的我吧。即使如此，我還是想成為那個人的助力，想待在那個人的身旁，為了那個人奉獻心力。」

「…………」

「要取得美國的永久居留權沒那麼容易。我沒有值得大書特書的學識或技術，也沒有企業在背後撐腰。所以為了待在那個人的身旁，我要使用丟臉的手段。」

「不惜這麼做……」

「是的，不惜這麼做。不過即使是這樣的我也還留著羞恥心。基於面子不想被父母或妹妹知道這樣的我。所以……」

真由美體認到自己無法說服遼介。

「我知道了。我不會告訴你的家人。」

她頂多只能嘗受著無力感如此回應。

就這樣，遼介從魔法人聯社消失無蹤了。

但是達也經由部下大門掌握他的動向。

◇　◇　◇

八月二十五日，星期三夜晚。

在沖繩的嘉手納基地，USNA空軍最新銳極音速高空戰略偵察機「閃靈」正準備起飛。

也可以提供轟炸用途的武器艙正在搭載的不是無人偵察機，而是降落潛入作戰用的特殊機種「隱形潛機」。

達也與光宣已經穿著便服坐進隱形潛機的駕駛座。塞在座位後方小型貨物空間的自用背包裡裝有潛入時要換穿的衣物以及其他物品。

「司波先生，艙門要關閉了。」

頂蓋部分在通常的戰鬥機稱為「座艙罩」，但是隱形潛機的頂蓋和外壁使用相同材質，完全沒有透明窗的功能，所以被稱為「艙門」。

「麻煩你了。」

隨著達也這句回應，他搭乘的機體「密封」了。以「扮裝行列」變身的光宣搭乘的隱形潛機也一樣。

收納隱形潛機的武器艙關閉，戰略偵察機閃靈號慢慢移動到跑道。

這架偵察機的暱稱「閃靈（Sprite）」原本的語意是「精靈」，不過在這裡引用的是氣象用語，也就是在中氣層產生的紅色放電現象（Red Sprites）。這個現象是中高層放電的一種，也稱為「中高層紅色型放電」。

ＳＲ92「閃靈」不是接續在長年穩坐世界最快飛機寶座的超音速戰略偵察機ＳＲ71「黑鳥」的系譜。「閃靈」是不曾被官方承認的ＳＲ91「極光」的後繼機種。機身形狀也是鋭角等腰三角形的全翼機型。

不過雖說是全翼機，但閃靈號不是隱形機。始終是追求速度與爬升性能的機種。

除了轟炸配備時的對地飛彈，機上的武裝只有一門迎擊飛彈用的對空雷射砲。不考慮空戰。

概念上是以速度與高度閃躲攻擊，甩不掉的飛彈再以雷射砲迎擊。這次達也他們搭乘的隱形潛機將會以對地飛彈的要領發射。

不是以機艙而是以武器艙載運達也與光宣的閃靈號，飛向深夜的南方天空。

◇　◇　◇

閃靈號在嘉手納基地起飛的時間是晚間九點多，但是因為時差的關係，抵達西藏上空的時候還不到晚間八點。

閃靈號先是從沖繩南下，再從中南半島入侵大陸上空，然後在喜馬拉雅山脈東方上空投放隱形潛機。

【7】潛入拉薩

拉薩也是觀光都市，在這個時間依然有觀光客在外面逛，店家也點亮耀眼的燈火。天空也反映地面的燈火沒成為完全的黑暗。但是就某方面來說，反而不容易看見在市區燈光照不到的郊外降落的飛行物體。

現在西藏是大亞聯盟的屬國。西藏的對空防衛也是大亞聯盟強硬管理。大亞聯軍的注意力集中在橫越高空的閃靈號，沒察覺降落在近郊山丘的隱形潛機。

之所以沒被發現潛入，不只是因為大亞聯軍的疏失，也是因為達也與光宣的魔法控制能力優秀。隱形潛機沒有排放熱量的引擎以及容易反射雷達電磁波的機翼，卻不是以自由落體的形式墜落，是在即將衝撞地面的時候以飛行魔法減速著陸。正因為兩人以必要最小限度的功率控制飛行魔法，沒釋放多餘的想子波被對方偵測，所以不只是機械，包括大亞聯盟的魔法師，以及潛入拉薩正在和他們展開暗鬥的ＩＰＵ魔法師都沒察覺。

走下隱形潛機的兩人從座位後方拉出背包揹上，關閉艙門之後以魔法埋藏機體。機身使用不容易被偵測的材質，所以除非偶然挖掘這個場所，否則肯定不會被發現。

就這樣，偽裝完畢的兩人揹起背包走向拉薩市區。

乍看像是魯莽年輕旅行者的兩人，直到抵達市區周邊都沒遇見任何人。

「達也，是不是有點不自然？」

光宣之所以這麼說，是因為至今連行駛而去的自動車燈光都沒看見。降落至今一小時，雖說夜也深了，但是連一輛車都沒行駛在路上很奇怪。拉薩是相當大型的都市。

「大概是都市被封鎖吧。不是一般意義的鎖城，是晚上禁止離開都市的那種做法。」

「……像是唐朝在長安執行的宵禁制度嗎？」

別名「犯夜之禁」的「宵禁」不只在唐朝長安，在之前的王朝也實施這種限制夜間通行的制度，都市內部以土牆區隔為小型區塊，夜間只容許在區塊內部通行。違反的人會被處以鞭刑。因為在圍牆內部可以自由行動，所以相較於近代之後的鎖城或是外出禁令或許還算自由。

「郊外好像成為戰場了。」

「咦……？」

光宣露出吃驚表情環視周圍，接著稍微低頭做出專注聆聽的動作。

「真的耶……這是魔法師之間的戰鬥吧？」

「交戰的方式很安靜。雙方都想隱瞞戰鬥行為嗎？」

「禁止外出的目的與說是防止市民或觀光客被殃及，應該說是隱瞞正在戰鬥的事實嗎？」

「或許吧。」

聽完光宣語帶保守的意見，達也也完全同感。

「這麼一來……就傷腦筋了。那個該怎麼辦？」

兩人在交談的時候也沒有停下腳步。而且在經過市區南側的幹線道路另一側，看得見提高警覺備戰的數名魔法師。

「大亞聯盟的戰鬥魔法師嗎？」

對方殺氣騰騰，達也輕易讀取他們的情報，以呢喃的形式將結果告訴光宣。

「應戰態勢……應該說他們看起來正在戰鬥。」

光宣也從另一個「視角」讀取魔法師們的狀態。

「實際上正在交戰吧。刺激他們不是上策。」

「說得也是……要用『鬼門遁甲』通過嗎？」

光宣提議使用他自己的魔法突破陣線。

對於這個提議，達也沒有回答好或是不好。

「不，慢著。」

雖然應該是巧合，不過在達也警告的同時，狀況出現變化。

在道路對側備戰的魔法師後方，市區裡開始吹奏出笛聲。

「這個笛聲是！」

這段演奏加入魔法性質的效果。說得通俗一點就是蘊含魔力。

光宣對於這個音色，對於能夠麻痺人類運動神經的這個效果有印象。

「『八仙』韓湘子嗎？」

達也輕聲說。

光宣猛然轉身面向達也。達也面對魔笛的演奏，看起來沒受到任何影響。

光宣迅速朝自己使用古式魔法的護法術，然後詢問達也。

「達也，你知道那個吹笛手嗎？」

「關於八仙的成員，我已經請『Unseen Arms』提供情報。」

「從兵庫先生那裡嗎？」

達也點頭回應光宣的問題。

「Unseen Arms」是以魔法師組成的英國ＰＭＳＣ（民間軍事公司），擔任達也管家的花菱兵庫曾經加入。他加入ＰＭＳＣ是為了擔任四葉家管家而進行的武者修行之一。兵庫成為達也的貼身管家之前就從Unseen Arms圓滿離職，不過至今依然保有傭兵之間的人際網路。

英國的ＰＭＳＣ「Unseen Arms」在前大英國協廣為從事各種工作，在ＩＰＵ也一樣，至今主要從印度派系那裡經常接到委託。基於這層關係，關於經常和前印度魔法師部隊起衝突的大亞聯盟魔法師特務部隊「八仙」，這間民間軍事公司的傭兵擁有豐富情報。

「日本的情報機構以及ＵＳＮＡ情報機構，都沒有關於八仙的具體情報。ＰＭＳＣ以人際網路收集持有的情報，是在質與量兩方面都優於國家機構的實例。」

達也以這種說法肯定光宣對於情報來源的疑問。

「據說八仙各自擁有拿手的戰鬥風格。韓湘子的戰鬥風格是使用橫笛施放領域魔法。」

「你知道攻略方法嗎？」

持續響起的笛聲隱含魔法，但是達也明顯讓這個魔法失效。光宣使用的護法術效率很差，所以詢問達也不同對策的訣竅。

「這個魔法的性質，基本上和晶陽石的妨害波一樣，是以想子波干涉『閘門』。即使不是魔法資質擁有者，也同樣擁有魔法演算領域本身，這是潛意識領域的功能。魔法感受性的不足是以魔法抵抗力的不足來抵銷。」

「閘門」存在於意識與潛意識的境界，是連接魔法演算領域內側與外側的門。魔法演算領域原本是「潛意識」的功能，將「世界」的「情報」加工為「意識」可以認知的形態。若是這個功能活化升級到能夠主動干涉「世界」的「情報」，在魔法學就稱為「魔法演算領域」。

既然存在著吸收「情報」的功能，那麼情報入口的「閘門」也肯定存在，這一點和事象干涉力的有無沒有關係。

「以魔法師的狀況，反倒是魔法抵抗力的強度被魔法感受性的強度抵銷嗎？所以那個魔法無視於魔法力的有無，可以作用在任何人身上。」

「沒錯。因此應付方式和晶陽石妨害波的對策一樣。我是分解想子波的構造，不過你肯定可以過濾掉『多餘』的想子波。」

「原來如此……成功了。」

光宣露出苦笑，因為他心想「原來事情這麼簡單」，對於數天前苦戰的自己感到丟臉。

「話說達也，看來對方察覺了。」

光宣現在也以「扮裝行列」改變外型。這個魔法是以別人朝向他的視線為媒介發動，因此在發動「扮裝行列」的時候，對於別人的視線會變得敏感。光宣肯定是因而比達也更早察覺己方被敵人發現。

「……我太大意了。看來那個笛聲也發揮了聲納的功能。」

韓湘子大概是察覺達也使用「分解」讓他的魔法失效吧——達也立刻完成這個推理。

「恐怕已經察覺我們是魔法師。」

「要攻擊嗎？」

光宣看起來不太緊張地詢問達也。但也不是完全心平氣和。藏不住的這份爭強心態，大概是想要為幾天前雪恥吧。

「啊啊——不，等一下。」

達也一度同意先發制人，卻在下一瞬間制止光宣。

光宣也立刻明白原因。

大亞聯盟的魔法師突然被熱風從側邊襲擊。

雖說是盛夏，但拉薩位於高海拔地帶，不會那麼炎熱。以日本人的感覺來說就像是避暑地的氣候。而且現在是晚上。燒灼肌膚的熱風不可能是自然現象。

大亞聯盟的魔法師接連倒下。

像是被熱火焚燒，被烈焰纏身般扭動身體。

不過以客觀的事實來說，沒有冒出火焰。魔法師們的衣服沒有燒焦或燻黑，周圍也沒有吹起令人燒燙傷的熱風。

「不是單純的幻術吧？」

「啊啊，實際上他們受到燒燙傷了。也不是振動系的加熱魔法。是原理和現代魔法不同，直接引發結果的古式魔法。」

聽到光宣的指摘，達也以自己「看見」的「事實」回應。

「跳脫因果定律，不經由原因就引發結果……是神仙術吧。」

說起來，魔法是引發原本不可能的事象（也就是結果）的一種技術，但現代魔法是偽造「成為原因之事象」引發結果。由於省略了「成為原因之事象」的成因，所以現代魔法也算是超越了因果定律，但是名為「神仙術」的體系更上層樓，直接顯現術士想要的結果。

雖然效果極為強力，但是為了省略步驟能做的事情有限。例如剛才的神仙術是專精於「造成燒燙傷」。換句話說就是不經過「加速分子振動」的程序，或是不使用像是正常幻術那樣由當事人的精神命令肉體重現幻象影響的程序，直接讓敵方肉體出現火傷——燒燙傷的魔法。

魔法師以「情報強化」保護自己，所以直接作用於肉體的魔法很難生效。

不過只要限定在特定的目的，就可以提升魔法效果，成為有效的攻擊手段。

這股「熱風」是因為縮減目的而變得能夠傷害魔法師的魔法。

不過基於這個系統的特性，對於能夠展開高強度情報強化的魔法師當然不管用。

對於八仙的韓湘子也不管用。

尖銳的笛聲撕裂夜晚的空氣。不過聽在達也與光宣耳中只是普通的「聲音」。魔法沒有傳達到兩人身上。這段演奏和至今的性質不同，是伴隨著指向性的魔法。

「要怎麼做？」

這是指定對象的反擊魔法。兩人現在沒被設為攻擊目標，也可以就這麼迴避衝突逃離這裡。光宣基於這份認知如此詢問。

「介入吧。」

達也進而毫不猶豫決定介入這場戰鬥。

「知道了。」

光宣臉上露出無懼一切的笑容。他也不希望逃走。

不，還是應該改成這麼說吧。光宣希望向八仙雪恥。

◇◇◇

為了進行「解放」西藏的事前準備，IPU除了以往下令潛入的間諜，還派遣了相當於一個小隊的戰鬥魔法師部隊。

IPU聯邦軍所屬的魔法師軍官之中，定位僅次於國家公認戰略級魔法師巴拉特·錢德勒·坎恩的七名精銳戰鬥魔法師「七聖仙」也派出兩人。此等陣容堪稱看得出IPU的認真程度。

這天晚上，被派遣過來的七聖仙之一，代號「麥札爾」的魔法師在暗中支援武裝勢力的時候遭遇大亞聯軍，就這麼進入戰鬥。

麥札爾剛開始想要迅速解決再返回祕密據點，但是大亞聯軍增派八仙之一的韓湘子加入戰局支援，狀況因而惡化。

韓湘子是在團體戰過人的魔法師。而且不是擅長在敵方勢力範圍進行侵略的戰鬥，而是在己方勢力範圍發揮迎擊、追蹤與掃蕩實力的類型。在以少數人員入侵敵國進行祕密任務的時候，是最好能夠避免遭遇的對手。

麥札爾及其部下還有協助者，在韓湘子率領的大亞聯軍部隊追擊之下，從拉薩市的郊外繼續往西南方撤退。當然不只是逃走，也想要將對方引入他們預先準備用來反擊的陷阱。不過這個陷阱不是以八仙做為假想敵。麥札爾認為只有一半的機率行得通。

所以即使因為對方突然停止追擊而鬆一口氣，卻也抱持更強烈的疑惑。追擊部隊的行動就像是有新的敵人正在接近拉薩。

但是麥札爾沒聽說會有援軍前來，也知道己方軍隊沒有這種餘力。

麥札爾懷疑這是韓湘子的陷阱。想要讓對方中陷阱的我，該不會反而被逼入絕境吧？這樣的疑念在他腦中揮之不去。

因此只要「可能會將敵方帶回IPU特務據點」的擔憂沒有消除，他就不會將現狀當成大好機會選擇撤退回到據點。

韓湘子及其率領的部隊，注意力朝向拉薩市的東南方。麥札爾當然好奇那裡有什麼東西或是什麼人，卻沒有餘力解析。

這次真的是大好機會。

麥札爾發動「乾燥熱風」的幻術「卡拉哥達」。

「卡拉哥達」在印地語是「黑馬」的意思。是以波斯神話的乾旱惡魔阿帕奧沙為象徵所使用的神仙術。很多人都知道，波斯神話與印度神話的神魔是相反的。例如印度神話的英雄神因陀羅，在波斯神話卻是象徵叛教靈魂的惡魔。波斯神話主神阿胡拉・馬茲達的「阿胡拉」和印度神話的惡魔「阿修羅」是相同語源。

麥札爾使用的「卡拉哥達」刻意進行這種相反的解釋，將乾旱惡魔的能力運用在神仙術。魔法效果是讓皮膚或呼吸器官在乾燥熱風的幻影之中因為燒燙傷而受損。尤其只要成功造成氣管灼傷，就可以藉由呼吸困難剝奪對方的戰鬥能力甚至致死。

大亞聯軍大幅亂了陣腳。「卡拉哥達」發揮的效果超乎麥札爾本人的期待。大概是大亞聯軍的注意力移向不明的第三者，所以魔法立下超乎預料的功績吧。

如今麥札爾也清楚看見，在拉薩市東南方，距離城市入口和麥札爾他們差不多遠的位置站著兩個人影。人影看起來是旅行者，但在這種時間與場所不可能有旅行者閒晃。明顯是可疑人物。

戰果超過預期，卻也沒有因而分出勝負。麥札爾從一開始就不期待只以那個魔法殲滅敵人，但是看見敵人的反擊之後，他還是忍不住在意識一角掠過一絲失望。

然而身為部隊的領導者，不能被失望心情纏身。麥札爾不是這個集團的隊長，不過在這裡率領他們的是麥札爾。

「要來了，魔法防禦！」

至少麥札爾現在有責任帶領他們逃走。

麥札爾捕捉到以聲音為媒介的魔法即將發動，展開護盾阻害想子波的傳導，同時命令納入指揮的所有人各自發動對抗魔法。

韓湘子的魔法很廣卻很薄。棘手的不是攻擊力，而是除了攻擊也兼具偵察功能。藉由麥札爾的護盾，魔法的傷害肯定減緩到沒有實際危害的程度。

然而下一瞬間聽到的演奏和至今不同。廣為傳播的笛聲「集中」到麥札爾他們這裡。音壓增強，原本甚至帶著細膩感覺的演奏化為聲音的暴力——不過這是錯覺。集音的魔法確實存在，但是現在襲擊麥札爾他們的不是音波。順著音樂散播的魔法集中到單一場所。

對於麥札爾來說，這完全是冷不防的攻擊。由於不知道韓湘子有這張底牌，所以完全中了這個增加強度的麻痺魔法。

這種魔法不是覆寫情報，而是擾亂情報體造成傷害，所以防禦也不是零與一百、成功與失敗的二選一，能夠以護盾緩和。然而即使如此還是受到不小的麻痺傷害。

以戰鬥集團的狀況來說，麥札爾的「卡拉哥達」和韓湘子現在的魔法兩敗俱傷。不過麥札爾沒能阻止韓湘子前進，相對的，麥札爾自己受到麻痺傷害。以魔法師之間的戰鬥來看，麥札爾目前眼睜睜看著韓湘子的分數大幅領先。

幸好麥札爾受到的傷害只有身體上的輕度麻痺，魔法技能不受影響。麥札爾明知會有風險，依然下定決心當場反擊。

然而在他即將進入魔法發動程序時，強力的魔法攻擊襲向大亞聯軍部隊。

◇　◇　◇

「我想你應該知道，但是不要給予致命的傷害啊。」

「我知道。」

考慮到接下來要入侵布達拉宮，達也提醒光宣不要把事情鬧得太大。

光宣露出壞心眼的笑容，發動大規模領域魔法包覆大亞聯盟的整個部隊。

空氣中的水蒸氣凝結形成濃霧。笛聲撼動霧，霧吸收音樂。

光宣製造的每一顆水霧都發出微弱的光。

即使在夜晚的黑暗之中，也必須仔細看才會察覺的微弱光輝。不，因為是夜晚才看得出來，在白天基本上應該不會察覺。

這些光進入眼睛刺激副交感神經，同時以精神干涉的效果阻害五感與精神的連結。

古式魔法與現代魔法的複合魔法——「迷霧」。前第九研開發，從「注意力」這方面削弱敵方的魔法。

這個魔法原本的用途是扼殺敵方注意力，讓他們找不到己方或是道路，引入伏兵的陷阱。不過光宣以強大魔法力行使的「迷霧」，效果能讓對方的意識變得朦朧，引導敵方部隊全部迷失陷入半夢半醒的世界。

此外不同於古式魔法的幻術，這個魔法伴隨著實際的濃霧現象，所以也有阻絕聲音與光線的效果。上次潛入拉薩時面對韓湘子的魔笛陷入苦戰的光宣，為了總有一天能雪恥，在CAD追加這個平常不會使用的魔法啟動式。

光宣精選用來剋制韓湘子魔法的「迷霧」，一舉剝奪大亞聯軍部隊的戰鬥力。

◇　◇　◇

麥札爾立刻察覺笛聲失去特殊能力。身為軍人也首屈一指的麥札爾沒錯過這個大好機會。發動的魔法是單純的釋放系電擊魔法。刻意不加入象徵性質的效果。這是為了避免妨礙到正在攻擊大亞聯軍的神祕幫手使用的不明魔法。

七聖仙是偏向於古式魔法的戰鬥魔法師，卻也習得高階的現代魔法，而且麥札爾是擅長「卡拉哥達」這種廣範圍效果魔法的魔法師。以單純的釋放系魔法在霧裡放出電擊，對他來說是輕而易舉的程度。

他在一瞬間建構魔法式，朝霧裡發射電擊。

電光躍動，火花飛散。

然後，霧散了。

背對拉薩市布陣，韓湘子率領的部隊所有人都倒在地面。八仙韓湘子也不例外。

暫時觀察這副模樣的麥札爾，確認看不出新的魔法發動徵兆以及想子的活性化之後，將視線移向身分不明的幫手。

大概是感覺到這雙視線，兩人之中推測是年輕男性的一方也看向麥札爾。

看出對方沒有敵意之後，麥札爾指示同伴撤退。

◇◇◇

雖然對於達也來說是出乎意料的額外事件，但是入侵拉薩的行動到最後變得輕鬆了。駐留的大亞聯軍出動救護韓湘子及其指揮的部隊，還要追捕重創部隊逃走的ＩＰＵ特務，所以留在市內的人數甚至達不到最低標。

達也與光宣穿過薄弱的警備網，以一般來說低到無法想像的難度就順利入侵布達拉宮。

布達拉宮以西藏的政治中心地「白宮」與宗教中心地「紅宮」組成。達也他們的目的地是兩者之中的紅宮。

已經沒有觀光客的身影。考慮到現在的時間是理所當然，不過說不定今天在和ＩＰＵ特務起衝突的時間點就已經關閉。像是潮汐聲般傳來的低沉聲音大概是僧侶的誦經聲。

在柱子整齊排列的大廳，兩人大膽地光明正大前進。考慮到大亞聯盟在實質上統治西藏，這裡是敵陣中央的重要建築物內部，各處當然都安裝了保全裝置吧。或許達也與光宣都認為過度提防也沒有意義。

等待他們的是連達也都沒料到的展開。

「恭候兩位很久了。」

兩人來到紅宮最底層尋找入侵地底的路線時，一名身穿紅色袈裟的喇嘛——藏傳佛教的高僧在等待他們。

「……早就預料到我們會入侵嗎？」

達也詢問年老的喇嘛。他之所以用日語發問，是因為老僧一開始就對他說流利的日語。

——看來香巴拉的相關人員都精通語言學。

達也在詢問的同時如此心想。只不過現階段還沒確定這名喇嘛是香巴拉的相關人士。

「這邊已經收到布哈拉守衛的口信。擁有濕婆幻力的尊者會帶著鑰匙造訪此地。」

藏傳佛教信仰印度教的主神嗎?達也抱持這個疑問,卻沒針對這一點發問。關於「擁有濕婆幻力的尊者」這段話,他已經決定不去在意。

「香巴拉的相關人員至今也有保持連絡嗎?」

說出「布哈拉守衛」的時間點,這名喇嘛就確定是香巴拉的相關人士。達也早就知道布哈拉宮的地底沉眠著遺跡,所以對於這裡有香巴拉的相關人士不感意外,他在意的也不是這件事。

依照在布哈拉遺跡獲得的知識,香巴拉從地面消失是一萬多年前。保護香巴拉遺產的人們如果還在連絡,就代表他們的人際網絡已經持續或斷續維持了長達一萬年以上的時間。

不知道他們的人際網絡範圍涵蓋多廣。布哈拉的「守衛」好像不知道沙斯塔山的遺跡,那麼其他地區又如何?

「『保持連絡』這種說法有語病。至少貧僧——啊啊,這個自稱沒錯嗎?」

唐突被這麼問的達也想不到適當的回應,默默點了點頭。

「貧僧至今都不知道布哈拉的『守衛』。他們的口信是貧僧經由冥想接收的。」

「夢……心電感應嗎?」

「是的,算是一種以心傳心的溝通方式吧。那段口信明顯是在號召背負相同使命的同伴。貧僧多虧這樣才得知自己的職責並非孤獨肩負。而且實際上像這樣迎接您,迎接擁有濕婆幻力的尊者來臨之後，貧僧得以確認那並非自己的妄想。老實說，貧僧鬆了口氣。」

「那個，恕我斗膽打斷兩位的對話……」

光宣正如字面所說，突然以過意不去的語氣插嘴。

「請問『濕婆幻力』是什麼？我從剛才就非常在意……」

不只光宣，達也其實也很在意，所以兩人一起等待喇嘛回答。

「我想兩位或許難以信服，不過所有的事物與事象都沒有實體。這個世界全是因為觀測與被觀測而存在。」

「這是唯識論的想法吧。」

對於達也這句話，老僧回以含糊的笑容。

「貧僧這邊認為連『識』都沒有實體。極端來說，一切都是幻影。讓幻影獲得暫時的實體，將暫時存在的事物回歸為幻影。這份力量就叫做『幻力』。」

「將一切回歸為幻影的力量……啊啊，原來如此。」

光宣發出接受這個說法的聲音。

反觀達也的表情不是「無法接受」或是「難以接受」，而是「不想接受」的表情。

「看來您已經理解了。將幻影變成實體的力量是梵天的幻力，將實體回歸為幻影的力量是濕婆的幻力。」

「這個人分解物質的能力，正是你們所說的『濕婆幻力』是吧。」

「題外話就說到這裡為止吧。」

喇嘛與光宣相互點頭的時候，達也以不帶情感的聲音規勸。

「喔喔，說得也是。『這個世界』的時間並非無限。」

老僧的回應沒有裝模作樣的感覺。

「這邊請。」

喇嘛以手勢在自己身後指引道路，然後背對兩人踏出腳步。

達也與光宣以視線相互示意，跟在老僧身後前進。

老僧開鎖的門後是一條古老的石階。無法推測完工至今經過多少歲月。石階令人感受到如此悠久的歷史。

然而和古老程度相反，完全沒給人受損的印象。鞋底傳來的觸感以及喇嘛發出的腳步聲都完全沒讓人感到危險——此外，達也與光宣像是貓一樣沒發出腳步聲。

壁面沒有照明。老僧手上的提燈型手電筒是唯一的光源。這條石階無止盡向下延伸。石製階梯每十一階就有轉彎用的平台，不斷深入地下。抵達終點的時候，階梯已經轉彎九十五次。

超過一千階的石階終點沒有門。該處是小小的石室。

室內空無一物。沒有祭壇，也沒有堆高的書籍或石板。壁面也沒有畫圖或是刻字。

「這裡肯定有您尋求的東西。」

年老的喇嘛停下腳步，向達也這麼說。

「這裡有香巴拉的遺跡？」

光宣詢問老僧。在他的「眼」中，這裡也單純是只有老舊可言的空石室。

「可惜貧僧沒看過。貧僧不知道進去的方法也沒有獲得資格，所以無法帶領兩位前往。」

喇嘛說完朝著達也他們低下頭。是依循日本人習慣的鞠躬動作。

「上方的門，即使沒有鑰匙也可以從內側開啟。」

喇嘛說完就背對兩人上樓離開。

燈光隨著老僧離開而遠去，黑暗在最後來臨。達也沒打開固定在上臂的燈，所以光宣也學他不開燈。

即使如此也沒有不便之處。兩人都擁有能在黑暗中「看得見」的視力。

「達也，你看得出來嗎？」

剛才在喇嘛面前將達也稱為「這個人」的光宣已經解開警戒。「扮裝行列」也解除了。順帶一提，達也也已經停止使用「冥隱」。

「遺跡似乎阻絕了魔法性質的知覺。雖然對於機械式的感應器毫無防備，不過來自上空的探測應該是由布達拉宮本身來防範吧。」

「所以是這裡沒錯吧！」

光宣眼神閃閃發亮——這當然是比喻。眼睛在黑暗中不會發光。

「用這個肯定打得開。」

如此回應的達也右手握著那把「杖」。

從布哈拉遺跡攜出，前端裝著如意寶珠的杖。

達也將這顆寶珠朝向階梯對側的石壁。

在這個狀態朝杖注入想子。

在黑暗之中，寶珠開始發出肉眼也看得見的光。

不是照亮整間石室的強烈光輝，是朦朧浮現在黑暗中的光芒。

達也以這顆寶珠輕輕按在壁面。

石室突然搖晃了。

不是地震。是車水馬龍道路旁邊的建築物、使用老舊電梯的大樓或是偷工減料的集合住宅平常就會發生，在生活當中不會特別注意的細微震動。不過在完全的黑暗與寂靜之中會覺得異常搖晃。

石壁發出軋轢聲開始移動。表面看起來是以切割過的石塊堆疊而成，不過壁面沿著堆疊的石塊縫隙朝兩側裂開。

達也開燈了。

石壁後方是比現在這間石室更寬闊的空洞。

形狀是低矮的圓筒形，直徑十公尺左右，高度兩公尺多。壁面與頂部以石塊補強，不過地面是泥土地。

在地面中央擺放著看似八角錐——八角形金字塔的物體。之所以形容為「看似」是因為八角錐只有骨架。斜邊以像是細長石柱或金屬柱的物體組成，而且沒有側面，只以斜邊組成八角錐的形狀。

只有骨架的八角錐寬度約八公尺。

「看，裡面有階梯。」

聽到達也這麼說，光宣也打開自己的燈。八角錐底部稍微陷入泥土地，地面有一條通往下方的細長階梯。

光宣與達也相互點頭，走向那條階梯。

八角形的金字塔原來是沒有蓋板的屋頂。這裡是地底所以根本不需要屋頂，不過這麼一來，這座「塔」應該是從一開始就以埋入地底為前提。

寬度勉強能讓人逐一通過的螺旋階梯，由達也帶頭往下走。

塔沒有區分樓層，踏腳處只有從石壁突出的這條階梯。

塔的「深度」約三十公尺。抵達最底層的地面之後，兩人以燈光照向貫穿中心的柱子。

柱子是結合三根等粗的圓柱豎立起來。配置方式和這次探索香巴拉遺跡時熟知的「和平旗」一樣。不對，應該說建築方式和伊勢神宮或出雲大社的「心御柱」一樣，這樣的形容方式或許比較適當。

兩人同時伸手碰觸這組柱子。

「是鐵……嗎？」

「應該是鐵吧。」

光宣缺乏自信這麼說，達也含糊回應。

兩人不是金屬專家，所以無法只從外觀與觸感猜中材質。因為不知道會有什麼副作用，所以也避免進行魔法形式的分析。「鐵」單純是兩人的印象。

不過，以這個案例來說沒錯。「柱子」確實是鐵製的。

「但是沒看見鐵鏽。我們可以正常呼吸，所以氧氣量很充足，而且大概是地下水的影響，感覺也沒有非常乾燥。如果是鐵，正常來說應該會生鏽吧？」

「雖然沒在德里實際看過，不過應該和『旃陀羅跋摩之柱』使用相同的材質吧？」

「旃陀羅跋摩之柱」是位於德里市郊外，遠近馳名的「不生鏽的鐵柱」。製造年代據說是在第五世紀初。

「——不過，重要的不是這根『柱』的材質，是保存在內部的記錄。」

達也收起興趣取勝的表情，重新面向柱子。

「不好意思，說得也是。」

自己的一句話成為離題的契機，光宣為此道歉。

「不用在意。」

達也平淡說完放下背包。

「——不必擔心氧氣問題真是謝天謝地。」

他以「眼」看向塔內的空氣，確認成分沒問題。

「首先我來試試看。雖然不知道總共要花多少時間，不過暫定為二十四小時吧。」

達也之所以說「試試看」，是因為依照計畫是由兩人輪流進行「讀取」。

「按照預定是吧，我知道了。」

「如果中途可以換人，就以一小時為單位換班吧。」

「收到。」

達也以注滿想子的手杖寶珠碰觸柱子。

隨即在下一瞬間，所有表情從他的臉上消失。

【8】逃離西藏

西藏的政治與宗教中心地，拉薩的布達拉宮地下深處。該處埋藏著香巴拉的遺跡「塔」。在幾個巧合的幫助之下，達也與光宣順利入侵布達拉宮，在管理遺跡的喇嘛帶領之下，於昨晚抵達「塔」。

後來整整經過一天一夜。達也與光宣輪流使用「杖」，在貫穿塔中心的「柱」讀取保存在內的記錄。

不是分工合作。當初達也也打算這麼做，但他第一次連結「柱」的時候，察覺內部情報的重要性超乎預料，所以兩人基於相互備份的意義各自閱覽所有情報。

換班時間也隨之變更為三小時一次，有空就小睡的兩人（光宣不需要睡眠，但是讓精神休息可以增進效率）將「柱」的所有情報閱覽完畢。

「光宣，你還好嗎？」

光宣完成工作之後掛著嚴肅表情低頭，達也出言關心。這句話不是在意光宣的身體狀況，是擔心他在精神上受到打擊。

石塔的「柱」記載香巴拉遺跡的位置，以及保管在該處的遺產目錄。

在這份目錄裡，存在著不必冒風險讓情報生命體寄生就能將人類變成寄生物的魔法，以及將寄生物回復為人類的魔法。

究竟是香巴拉文明創造出寄生物，還是香巴拉文明開發出對付寄生物的魔法，目前還不得而知。但是無須確認，這對於光宣來說是他想忽視也不能忽視的情報。而且也無須多說，他內心產生了想要首先回收這個魔法的願望。

然而目錄裡存在著必須更優先處理，必須在能力所及的範圍盡快封印的危險魔法。

說來遺憾，香巴拉文明不是毫無紛爭的理想鄉。正如相傳香巴拉真實存在的各種文獻與傳承所說，因應終將來臨的最終戰爭，香巴拉儲存了大規模殺傷性武器——用來大規模破壞、大規模殺戮的魔法。不能將這種東西解放到現在的世界。

「——我沒事。我明白優先順序。」

光宣抬起頭，以堅強的表情如此回應。

光宣很明顯陷入天人交戰，但他沒有放棄對於水波所在的這個世界應負的責任——如同達也片刻都不會忘記自己對於深雪應負的責任。

「達也，我們走吧。」

光宣先行揹起放在地上的背包。

「說得也是。」

達也也揹起背包。

光宣帶頭走上螺旋階梯。

◇ ◇ ◇

走上塔的階梯，走上地下室的長長階梯，兩人回到布達拉宮了。

正如老僧所說，通往地下空間的門可以輕易從內側開啟。輕鬆到令人擔心這種設計是否能夠保守祕密。

那位老僧站在厚重的木門後方。無須強調，達也他們沒告知何時會從地底石塔回來。

這位管理遺跡的喇嘛有方法知道地下的狀況嗎？

還是說他一直在這裡等待達也他們上來？

「收到遺產了嗎？」

老僧的聲音微微顫抖，這不是錯覺。這名老人想要確信自己與祖先歷經漫長歲月保護遺產至今的這份職責並非毫無意義。

「得到非常有意義的知識了。感謝您的協助。」

「喔喔……謝謝您。不只是貧僧，歷代的所有管理人都因為您這句話獲得回報了。」

老僧雙手合十深深低頭。

隱約感到不自在的達也他們各自說「謝謝您」、「我們告辭了」，匆忙離開現場。

◇◇◇

今天外面的天氣也很好。星星在夜空閃耀。滿天的星斗看起來比昨晚還要鮮明，大概是因為市區燈火變得零星，不足以照亮天空。

現在時間和達也他們昨晚入侵拉薩市區的時間差不多。不過結束營業的店鋪明顯變多，相較於在市外交戰的昨晚，行人看起來也減少許多。

「……是因為戰況變得激烈嗎？」

在布達拉宮座落的山丘上，光宣在通往山麓的階梯途中停下腳步俯視城市，輕聲向達也說。

「但是感覺沒有下達外出禁止令。」

要是下達外出禁止令，道路肯定會更加徹底無人化。

「或許是嗅到火藥味主動避免外出。」

「原來如此，聽起來有可能。」

對於光宣的推測，達也露出信服表情點頭。

連結市區與布達拉宮的階梯，當然有大亞聯盟的士兵監視。但是達也他們沒有隱匿行蹤，經過士兵前方前往市區。大概是戰況正如光宣的推測變得激烈，能夠破解光宣「鬼門遁甲」的魔法師沒被派來警備。

但他們只在離開市區之前能夠走得這麼自然。

走出城市的兩人立刻躲進路旁窪地。看起來不像是自然形成的凹陷。或許是一種簡易壕溝，或是正規壕溝只挖到一半就棄置。

市外的戰鬥變得正式。雖然這麼說，卻不是雙方軍隊的正面衝突。大亞聯軍投入多數軍力進行廣範圍的游擊兵掃蕩作戰。

許多人正在埋藏隱形潛機的山丘及周邊搜索。這對於達也他們來說非常不利。山丘旁邊零星存在著上次大戰時被遺棄的廢屋。雖然應該是這些廢屋成為搜索目標，不過就算這麼說，在敵軍來來往往的這個狀況不可能將祕密兵器挖出來乘坐。

要等待他們移動？還是引發騷動讓他們轉移注意力到其他場所？達也一邊觀察大亞聯盟士兵動向一邊如此思考時，一旁的光宣突然輕聲呢喃。

「那是……！」

「發現認識的人嗎？」

達也沒轉頭就這麼問。不對，這不是詢問，是用來確認的話語。

「是的。鐵扇的術士……應該是八仙之一。」

「使用扇子的八仙。鍾離權嗎？」

聽到光宣的回答，達也立刻從記憶抽出符合的資料。

「那傢伙不問自己或他人，不分生者或死者，擅長操縱肉體的魔法。」

「操縱自己與他人的肉體嗎……」

「雖然聽起來強力，但是只要破解那個對抗魔法就不會是你的敵人。」

達也說的「那個對抗魔法」，是先前鍾離權在拉薩讓光宣的魔法失效，呂洞賓在日本一度讓達也魔法失效的對抗魔法。沿著自己的身體形成高密度無秩序的想子層，然後在想子情報體──魔法式接觸術士的時候以這層想子稀釋、溶解的對抗魔法。

無法直接以魔法攻擊確實棘手，不過除去這一點就不是什麼難纏的對手──這是達也對於大亞聯盟魔法師特務部隊「八仙」的評價。

「想打倒嗎？」

達也這個問題是「你想為上次雪恥嗎」的意思。但他的語氣比起詢問更像是慫恿。

「可以嗎？」

光宣的反應也很積極。感覺即使達也搖頭，他還是會衝出去。

「可以喔。不然現在這樣會沒完沒了。」

聽到達也的回答，光宣解除「扮裝行列」微微一笑。

然後在下一瞬間，他的身影消失了。

◇　◇　◇

在拉薩市外被大亞聯盟部隊追擊的集團，並不是昨晚由ＩＰＵ特務魔法師麥札爾率領的特務人員與游擊兵。

是潛入西藏的另一名七聖仙，代號「米格雷茲」率領的傭兵部隊。

米格雷茲率領的傭兵部隊是人數較少的廓爾喀傭兵部隊加上西藏難民的集團。上一場大戰的期間，西藏在東亞大陸國家南北分裂的時候暫時獨立，但是大亞聯盟成立之後再度隸屬於東方大國成為屬國。當時逃亡的西藏人有一部分成為傭兵立志讓祖國完全獨立。

以尼泊爾山岳民族為母體的廓爾喀戰士，從十九世紀就以精悍聞名世界。其實七聖仙唯一的女性米格雷茲也是尼泊爾人。

她的本名是席拉·拉納。從十九世紀後半到二十世紀前半掌握尼泊爾王國實權的拉納家族成員。基於這份血統，加入ＩＰＵ聯邦軍的廓爾喀戰士也將她視為領袖愛戴——除此之外，擔任傭兵維持自由立場的廓爾喀戰士也很多。

不只是她自己的魔法力，對於廓爾喀戰士的影響力也是席拉・拉納——米格雷茲受命參與這項任務的理由吧。

米格雷茲帶著傭兵部下來到拉薩偵察，是因為得知韓湘子昨晚被麥札爾打倒。八仙正如其名只有八人。即使大亞聯盟再怎麼以兵員數量為傲，八仙等級的魔法師也不多。

依照叛變投靠IPU的大亞聯盟駐留部隊成員回報，韓湘子現狀至少有一星期無法復出。此外還有一個尚未確認的情報，八仙之一的呂洞賓據說在潛入日本之後被「那個四葉家」的魔法師殺害。

大亞聯軍在國境地帶也派駐部隊，所以在拉薩的陣容變得薄弱。這樣的判斷應該不算是過於樂觀吧。米格雷茲為了確認這一點而進行偵察。

但是事實違反預料（或許應該說違反期待），大亞聯軍立刻補充戰力，不對，反倒增強了。簡直像是看穿米格雷茲的行動而如此用兵。

米格雷茲一時之間懷疑自己率領的傭兵集團可能混入間諜，但她立刻改變想法，認為這次過於緊急的兵力調配背後反映出大亞聯盟的焦慮。

八仙是大亞聯盟在中亞方面的王牌。大亞聯盟除了八仙還有數十名戰術級魔法師，其中似乎也有魔法師可能習得戰略級魔法。不過擁有強大打擊力的這種魔法師主要分配在北方與東方。大亞聯盟大概是認為和新蘇聯或日本起衝突的話是大規模戰鬥，和IPU的衝突則是局部戰。

既然秉持這種戰略構想，難免會因為八仙脫離戰線而慌張，應該要料到他們會過度反應。米格雷茲如今細細反省自己的預測過於天真。

大亞聯盟的搜索圈正在確實縮小。士兵人數是這邊的五倍以上。戰力感覺是這邊略勝一籌，然而即使如此，戰力差距還是大到無從對抗。

米格雷茲認為就算自己親上前線恐怕也打不贏。敵方指揮官是八仙之一的鍾離權。在集團戰鬥的威脅度低於韓湘子。

不過鍾離權個人的戰鬥力確實高於韓湘子。

——幸好我的拿手魔法適合用來脫離戰場。

——有必要的話，即使犧牲我自己也要讓旗下的士兵逃走。

米格雷茲暗中做好心理準備。

但她沒表現出來，而是掛著老神在在的表情，甚至露出笑容指揮部隊撤退。

大亞聯軍著重於搜索廢村的空屋。為了在這段期間盡量遠離拉薩，米格雷茲靜靜引導傭兵集團移動。

壓低身體，躡手躡腳。

雖然慢到令人心急，但是現狀要以不被發現為優先。

米格雷茲如此告誡自己，對於旗下的傭兵也是徹底叮嚀。

這附近是連綿平緩起伏的山丘。各處像是被挖掘般的坑洞，是之前大戰的砲擊痕跡。在這種比起山谷更像是窪地連綿的山坡，他們小心翼翼往下走以免打滑。

照明的光束掠過他們頭頂。

在山丘稜線的遮蔽之下，對方肯定看不見這邊的身影。

她如此說服自己，克制內心的慌張。

為求謹慎，她停下腳步讓部隊先走。

米格雷茲以隨時可以發動魔法的態勢瞪向光源。

該處突然發出叫聲。

米格雷茲心跳加速。

但她立刻重新認為並非事態惡化。

叫聲不是咆哮。

是哀號。

肯定沒錯。正在追捕這邊人馬的大亞聯盟部隊遭受不明襲擊。

（麥札爾？不，他說過要離開拉薩。）

（可是這樣的話，到底是誰？）

米格雷茲沒聽過韓湘子脫離戰線的詳細原委。

不知道麥札爾遭遇之神祕幫手的存在。

為了看清事態，她決定留在現場。

◇◇◇

以「疑似瞬間移動」出現在大亞聯盟部隊側邊的光宣，毫不停頓就施放魔法。

電擊網捕捉到大亞聯盟的士兵。

大幅展開而且密麻分枝的無數細長電光，使得大亞聯盟的士兵聯想到自軍「使徒」使用的廣域電擊魔法。

光宣發動的魔法當然不是大亞聯盟的使徒——國家公認戰略級魔法師使用的「霹靂塔」。基本上是以古式魔法的技術，將常見的現代魔法「雷光」改編而成。

但是幾乎沒有士兵親眼看過戰略級魔法。雖然在日本或是其他國家也可以這麼說，不過即使有機會看見，也只限於即使被看見也不會影響到今後的運用而拍攝，提供給一般人看的模糊照片或影片。以大亞聯軍的狀況，甚至只有部分士兵獲得這種機會。不只是士兵，連軍官也不一定都擁有正確情報。

這樣的大亞聯盟士兵看見廣域電擊魔法，首先聯想到的就是只透露過模糊情報，自己國家的使徒使用的戰略級魔法「霹靂塔」。對於大亞聯盟的普通士兵來說，使徒的戰略級魔法不只是己軍的王牌，更是不知道何時會從自己頭頂落下的懲罰之雷。以征服為主的多民族國家，註定必須在暗中一直害怕背叛與肅清。

令人聯想到「霹靂塔」的廣域電擊魔法打在己方身上，這個事實使得大亞聯盟的士兵陷入恐慌。這對於光宣來說正如預料。釋放系是他的拿手魔法，但他施放這個魔法更著重於心理效果。

（好啦，出來吧，鍾離權。）

光宣在內心低語，同時再度發動廣域電擊魔法。這個魔法的殺傷力不算高，沒有一次殺害數十人的強度，但是威力足以剝奪魔法抵抗力較低的士兵行動力。超過百人的掃蕩部隊只因為兩發魔法就有四分之一的人無法行動。如果他們沒有分散搜索，肯定能獲得更大的戰果。

這是部隊指揮官不能忽視的損害。嚴格來說鍾離權不是指揮官，但是站在指導地位的他肯定還是不能忽視。

現在的光宣只有披著黑影，沒有隱藏氣息。是襲擊ＦＡＩＲ總部那時候如同幽鬼的外型。比起偽造臉孔改變體型，這麼做比較不會消耗魔法力。雖然是可疑至極的模樣，但現在是即使顯眼也無妨的場面。

大概是察覺這股氣息，一個人影降落在光宣面前。微胖而且兼具肌肉與脂肪，摔角手體型的中年男性。

八仙之一的鍾離權。

（來了。）

光宣在黑影面紗後方咧嘴一笑。

◇　◇　◇

「那是什麼……」

看見那個異常的「物體」，米格雷茲不禁輕聲這麼說。

融入黑暗的那個「人形物體」像是烏雲，像是獲得身體而蠢動的黑影。毛骨悚然的模樣彷彿徘徊在墓地的幽鬼。

黑影舉手伸向鍾離權。從手臂前方分離的影子以四條腿站起來，接著像是射出的箭迅速襲向鍾離權。

「『影獸』？」

米格雷茲再度呢喃。她已經沒要克制音量了。

「是魔法師嗎……？」

米格雷茲知道襲擊鍾離權的影子動物是什麼。那是大亞聯盟的方術士用來攻擊的古式魔法。那麼那個「黑影」是大亞聯盟的魔法師嗎？應該認定是大亞聯盟內鬨——自相殘殺嗎？

在苦思不解的米格雷茲視線前方，鍾離權打開鐵扇擋住「影獸」。

鐵扇與「影獸」相互較勁，僵持不下。

但是這份僵持在數秒後瓦解。

「影獸」的輪廓溶化，被吸入鐵扇。

「『渾然一體』……」

這次米格雷茲也理解發生了什麼事。

八仙使用的對抗魔法「渾然一體」。濃密的想子混沌會吞噬、溶化魔法式，不是妨礙魔法式的作用，而是破壞魔法式使其失效的魔法。八仙在一對一的魔法師戰鬥位居最強層級，就是多虧這個對抗魔法。

米格雷茲他們七聖仙之所以陷入苦戰，也是因為八仙有「渾然一體」。七聖仙在魔法攻擊力勝過八仙。這不是她個人的意見，連大亞聯盟那邊也私下承認這一點。

「渾然一體」基於性質只能保護術士自己，所以對於七聖仙來說，要癱瘓八仙率領的部隊並非難事，但是會被完好無傷的八仙在最後逆轉戰局或是逃之夭夭。這種套路在七聖仙與八仙之間反覆上演。

「影獸」被消除的「黑影」沒散發慌張氣息。別說表情，連體型都看不出來，但是米格雷茲覺得「黑影」現在是「正如所料」的表情。

在鍾離權轉為反擊之前，「黑影」的手射出蛇形電光。自行發光的「蛇」噴出火花，在空中蛇行襲擊鍾離權。

鍾離權再度以鐵扇當盾牌擋下「蛇」。

下一瞬間，鍾離權慌張扔掉鐵扇。

看到這個滑稽的動作，米格雷茲不是噗嗤一笑而是出聲感嘆。

古式魔法會讓魔法附上形體。因為賦予形體，所以「渾然一體」沒能在瞬間溶化魔法式，在無效化的時候出現延遲。

那個「黑影」以最初的「影獸」確認這一點。確認魔法會在無效化的過程殘留，看清鍾離權的武器是「鐵製」的扇子，所以施放的不是「影獸」，是可以稱為「雷蛇」的電擊古式魔法。

對方慣於進行對人的魔法戰鬥。米格雷茲對於「黑影」魔法師抱持這個感想。不是單純累積魔法戰鬥的次數，從「黑影」背後隱約看得見高超到駭人的戰鬥經驗——她抱持這個感想。

◇　◇　◇

（正如達也的分析嗎……）

光宣暗中低語，並且在「黑影」的面紗後方下意識地點頭。

同時感受到一陣恐懼。

——八仙的對抗魔法，需要一些時間才能讓擁有固定形體的魔法失效。

令光宣陷入苦戰的對抗魔法，達也只和八仙的呂洞賓交戰一次就看穿缺點。

既然不會在瞬間讓魔法失效，那麼在失效前的時間還是能造成有效的傷害。達也如此推測，而且事實正是如此。鐵扇擋得住「影獸」的衝撞，但是賦予蛇形的電擊經由鐵製的扇骨讓持有者觸電。

不過大概是留著先前的記憶，鍾離權瞬間就放開鐵扇。在上次交戰時，光宣也使出電擊魔法讓鍾離權拿鐵扇的手觸電受傷。當時不是借用動物形體的古式魔法，是塑造為球狀雷電的雷擊，不過似乎也出乎意料成為「擁有固定形體的魔法」。

不提這個，鍾離權之所以反射性地以鐵扇擋下雷電之蛇並且瞬間鬆手，應該是因為身體記得當時的傷害。

鍾離權取出新的扇子。

（喔……）

光宣在心中輕聲一笑。

鍾離權的新扇子是連扇面都以竹製的竹扇。

（原來姑且有準備對策。難道他察覺對手是我嗎？）

竹不導電，而且竹這種材質堅固又強韌。即使每一片都削得很薄，在重疊的狀態依然是具備足夠強度的武器。

（……但是這種想法不會很膚淺嗎？）

（今非昔比的不只是你！）

鍾離權發動了內含詛咒的風之古式魔法「窮奇」。

光宣啟動防禦之令牌。扔到地面的令牌接連飛出黑影之鳥，逆向撕裂鍾離權的風。

黑影之鳥的外型是貓頭鷹。鍾離權使用的術式據說是把日本「將鐮鼬與窮奇視為相同妖怪」的這個概念反向輸入到東亞大陸，成為附帶詛咒的風之魔法「窮奇」。

貓頭鷹是鼬鼠的天敵。中國的大妖怪窮奇原本和鐮鼬完全是兩回事，不過光宣從魔法的起源利用了「鐮鼬＝窮奇」的概念，發明了防禦「窮奇」的手段。

利用令牌自動迎擊鍾離權魔法的時間，光宣消耗一疊符咒完成某個古式魔法的發動準備。

「——恭迎聖駕，八雷神！」

以言靈作為最後的發動金鑰，光宣的偽神魔法發動。

這是偽裝為神的高階魔法。在日本的古式魔法歸類為難度最高的一種術式。藉由「神」這個高階象徵突破這個世界堅固的「情報維持力」，強力改寫現實的魔法。

雖然威力強大，但是發動時要求夠強的魔法力。此外，即使以速度本來就慢的古式魔法基準來看，也需要長時間的準備。基於以上兩個問題點，這個魔法被認為在實戰派不上用場。

光宣以自己化為寄生物之後變得更強的魔法力使用大量的一次性符咒縮短準備時間，再以自動防禦確保足夠的時間，解決了這兩個問題點。但是新的問題點在於要使用大量的一次性符咒，所以只能當成每場戰鬥只能使用一次的必殺絕招來運用——不過光宣還能使用數種比起這個偽神魔法「黃泉八雷神」威力更強的魔法。

光宣身披的黑影竄出八條蛇形的電擊束。

噴出火花的八條「蛇」在空中扭動向前，襲擊鍾離權。

鍾離權試著以竹扇依序打掉「蛇」。

然而第一條「蛇」沿著不導電的竹扇爬行，纏繞鍾離權的手臂。

鍾離權放聲慘叫。

電擊燒灼血肉帶來痛苦。然而他甚至不被允許昏迷。

第二條「蛇」纏繞另一邊的左手臂。

第三條與第四條纏繞雙腿。

每次都使得鍾離權被迫回復意識哀號，再度陷入半昏迷狀態。

第五條纏繞軀體，第六條纏繞脖子。

然後第七條終於貫穿胸口。在這個時間點，鍾離權恐怕已經喪命。

所以接下來應該是電流刺激肌肉引發的動作。

最後的第八條啃咬鍾離權的下體，鑽入軀體之後從頭頂貫穿而出。

伸直手腳抽搐彈跳的鍾離權身體終於獲准倒地。

他的身體失去水分收縮，皮膚焦黑到連長相都無法辨識。

「你使用的魔法真是殘忍。」

鍾離權倒下的同時，達也以「疑似瞬間移動」出現在光宣身旁。如果是這種距離的「疑似瞬間移動」，達也已經能以人造魔法師實驗賦予的虛擬魔法演算領域發動。

「我也沒想到會變成這種像是慢慢折磨至死的結果……」

達也以傻眼聲音說完，光宣以錯愕語氣回應。

不過，達也的語氣沒有責備，光宣的聲音沒有後悔。

雖然光宣說成「慢慢折磨至死」，但是八條「蛇」殺害鍾離權的時間不到十秒。這種程度應該不符合國際法禁止的「殘虐的殺害方法」。

而且在剛才的廝殺，使用那個魔法是最佳解。到頭來只有能夠刻意使用殘虐殺害手法的人，只有能夠選擇手段的人，才有餘力不使用殘虐的殺害手法。八仙不是這麼好應付的對手。

不過「黃泉八雷神」是超乎光宣預期的攻擊方法，這應該會成為今後的反省材料。無法正確預測結果的技術恐怕會危害使用者。

現在只要將這一點放在心上就好。

「總之算了，我們走吧。」

「說得也是。久留無用。」

達也看見依然身披黑影的光宣點頭之後，走向藏匿隱形潛機的山丘。

◇　◇　◇

「……呼！」

米格雷茲猛然吐出屏息至今的這口氣，反覆大口呼吸補充停止呼吸時的氧氣。

基於威力與效果的雙重意義，都是恐怖駭人的魔法。米格雷茲慢半拍開始發抖。發現她一直沒跟上部隊而前來確認狀況的部下就在身旁，但她不覺得丟臉。

這名部下也因為恐懼而凍結表情。這個反應映入米格雷茲的視野一角。化為焦炭的鍾離權屍體倒在他們的視線前方。不只是米格雷茲，部下也目擊了。彼此的身體做出暴露在恐懼之中的反應，證明剛才的光景不是惡夢。

身披黑影彷彿魔物的魔法師（該不會真的是魔物吧？）身旁，突然出現另一名魔法師。依照常識來想，應該是使用「疑似瞬間移動」的魔法「跳」過來的。但是沒有任何徵兆。也沒有移動之後產生的亂流。雖然沒有身披黑影，卻是彷彿黑影的魔法師。

這名魔法師是男性。應該是年輕男性。

之所以說「應該」，是因為他以帽子、反光墨鏡與面罩完全隱藏臉部。

體格應該很好。這裡再度使用「應該」，是因為再怎麼定睛注視，都沒能在意識裡留下清晰的印象。

明明就在眼前，卻好像一個不小心就會看漏。不只是登場方式，這名魔法師的存在本身就如同黑影。

如同黑影的魔法師，不知道對身披黑影的魔法師說了什麼。前者點了點頭，大概是因為得到後者的回應吧。兩人交談兩三句之後踏出腳步。

走向米格雷茲所在的這裡。

那雙隱藏在反光墨鏡後方的視線，米格雷茲覺得似乎鎖定她了。

米格雷茲全身僵硬，好像連心臟也會停止跳動。

不知道原因。那名男性沒對她做任何事。別說敵意，甚至沒露出戒心。但是米格雷茲不知為何感受到深不見底的絕望。

她沒能將想法化為言語，是因為壓倒性的戰力差距。

是無論怎麼做都絕對贏不了的敗北感。

是突然被掌握生殺大權的人面臨的絕望。

反光墨鏡的魔法師只看了米格雷茲一眼，就像是興趣缺缺般轉頭朝向行進的方向。

如同黑影的魔法師與身披黑影的魔法師從米格雷茲他們身旁經過。

雖說是身旁，卻是整整十公尺遠。

是如果不想交集就不會有交集的距離。

「等一下……請等一下。」

然而米格雷茲向兩人搭話了。主動接近停下腳步的兩人。

部下的廓爾喀戰士就這麼站在原地沒跟來。

反光墨鏡的男性看向米格雷茲。身披黑影的魔法師大概也在看她吧。

我做了愚蠢無比的行為……米格雷茲忽然這麼想。

看來自己主動接近惡魔與死神了……

即使如此，她還是沒有停止這麼做。

「我是ＩＰＵ的魔法師軍官米格雷茲。感謝兩位的協助。」

米格雷茲的聲音有點顫抖。

「這邊是基於自身需求才那麼做。不必多禮。」

像是黑影的男性回應了。

非常平凡的年輕男性——人類的聲音。

米格雷茲鬆了口氣，甚至好想哭。

「我想知道——方便的話可以請教兩位的大名嗎？」

反光墨鏡的青年看向身披黑影的魔法師。

如同烏雲的黑影消失，裡面出現一名「外貌平凡」的年輕人。

米格雷茲略感失望，同時覺得這名平凡的年輕人不知為何看起來閃閃發亮。

簡直像是在平凡的外貌底下隱藏著光之青年神的美貌。

「布拉克。」

反光墨鏡的青年自報姓名。

「布萊特。」

平凡的青年接著這麼說。

「布拉克先生與布萊特先生是吧。真的非常謝謝兩位。」

米格雷茲在自己沒察覺的狀況下使用恭敬的口吻，合掌向兩人低頭致謝。

◇　◇　◇

達也與光宣意外認識了七聖仙之一，但是兩人完全沒將那一幕放在心上。

「是這裡吧。」

「知道正確的場所嗎？」

「沒問題。」

兩人簡單交談之後，各自以魔法挖出隱形潛機。

坐進內部，啟動飛行魔法系統改變機體方向。此外，兩人從嘉手納起飛之前，已經檢查過飛行魔法系統的啟動式沒有混入惡意程式碼。

「我要同步目的地了。」

達也使用近距離通訊向光宣搭話。

『收到。請提供資料。』

確認隱形潛機的資料連線之後，達也將目的地設定為預先和卡諾普斯說好的孟加拉灣某處。

「我先出發。」

『我會在十秒後跟上。』

「收到。那麼，開始倒數。」

達也按下計時器的按鍵，從十秒開始倒數。

倒數到零的同時，系統將啟動式傳入達也的魔法演算領域發動飛行魔法。

隱形潛機以比起飛彈更像是磁軌砲砲彈的速度飛上天空。

◇　◇　◇

降落在孟加拉灣的海面，就這麼沉入海中的隱形潛機，由原本不可能在這裡的USNA聯邦海軍核子動力潛水航母「維吉尼亞號」回收。達也三年前也利用過這艘潛艦。

「達也，好久不見。」

「麥可，很高興再度見到你。」

艦長麥可．柯蒂斯上校也是從三年前就沒有換人。此外達也之所以用名字稱呼柯蒂斯上校，不只是因為當事人這麼要求，也是為了和參議院議員懷亞特．柯蒂斯做個區別。

「這位先生是達也的助手吧？」

「艦長，初次見面。我叫做櫻島光。」

「櫻島先生嗎？總之，我就當成是這麼回事吧。」

雖然也出現這種意義深遠的對話，但是達也他們大致受到歡迎。至於他們在西藏做了什麼，也沒人打破砂鍋問到底。不過關於隱形潛機的舒適度以及降落之後如何隱藏，除了艦長也有許多船員熱情發問。

尤其是飛行甲板的要員，關於隱形潛機的具體運用方法，雙方交換了詳細的意見。大概是在檢討要將這個機種運用在潛水航母吧。

他們的議論持續到飛機前來迎接。

即將換日的時刻。

達也與光宣站在上浮的維吉尼亞號甲板。

在深夜沒開燈就接近的機體。雖然幾乎是以盲目狀態降落在艦上，不過從飛機的動向以及甲板要員的態度都不會覺得靠不住。

即將降落在艦上的是達也的私人噴射機。在氫氣噴射引擎搭配氣流控制魔法與慣性控制魔法達到最高速度七馬赫的極音速機。氣流控制魔法系統與慣性控制魔法系統在短距起降的時候也發揮威力。

私人噴射機利用氣流操作魔法，以只靠主翼升力不可能達到的低速嘗試降落。達也沒為這架飛機取名，不過專屬駕駛員四八徹擅自稱之為「雷閃」。

暫稱「雷閃」的起落架接觸甲板，同時進行強烈的氣煞。這也運用了氣流操作魔法。以魔法中和慣性的機體藉由氣煞，不依賴攔截網就自行停止。

「麥可，這次受到你以及各位的照顧了。感謝協助。」

「這邊才要感謝你幫忙進行實用實驗。等到可以的時候就好，這次在西藏的所見所聞，希望你將來可以告訴我。」

麥可・柯蒂斯和達也握手的時候這麼回應。

「在不久的將來應該就可以告訴你。」

「這樣啊。我很期待。」

達也的這句話，以他自己的心情來說不是謊言。

柯蒂斯依依不捨般放開達也的手，然後向達也敬禮。

甲板的船員也一齊敬禮。

達也將右手按在左胸答禮，然後坐進暫稱「雷閃」的噴射機。

光宣也模仿達也這麼做，但是不像他那麼有模有樣。

【9】繼承人的使命

八月二十七日，星期五。達也與光宣返抵日本。

達也的私人噴射機在上午六點降落在巳燒島的四葉家專用機場。雖然是清晨，不過深雪與莉娜都來到機場迎接。

「達也大人，歡迎回來。」

深雪文雅鞠躬之後，撲向回應「我回來了」的達也。

光宣在達也身後略顯不自在，不過莉娜大概是習慣了所以面不改色。

「光宣，辛苦了。」

基於同病相憐（？）的情感，莉娜向光宣說出慰勞的話語。

「嗯，啊啊……莉娜，謝謝妳來迎接。」

大概是因為避免達也與深雪兩人進入視野，所以光宣舉止變得鬼鬼祟祟。

如果對方只有莉娜一人，光宣會使用平易近人的口吻說話。這樣對於彼此來說比較輕鬆。

「我原本也找水波一起來，但是水波說在你們平安抵達之前，她不能離開崗位。」

「這樣啊……」

「寂寞嗎？」

莉娜以惡作劇貓咪般的眼神仰望光宣。

「沒那回事。」

「水波說她十點之後會下來。」

「莉娜……」

莉娜不是甜笑而是奸笑，光宣以有點怨恨的眼神看她。

◇　◇　◇

迅速洗完澡再短暫小睡的達也，和同樣讓身體休息的光宣（光宣是寄生物，睡眠對他來說不是必要）一起就座享用遲來的早餐。

時間差不多是十點半，已經是將近午餐的時間，所以早餐比較簡單。或許反而近似上午茶。

深雪勤快地供餐給達也。莉娜見狀也打趣開始服務光宣——特地換上像是女服務生的服裝。這套女服務生風格的服裝是短裙低胸設計。

莉娜模仿深雪對達也做的那樣，幫光宣的玻璃杯補充飲料，將空盤換上甜點，而且每次（這部分不是模仿深雪）都接近到幾乎要相觸的距離明顯露出微笑，擦桌子的時候像是強調衣服的低胸剪裁般深深彎腰……沒露出內在美就是了。

光宣也立刻明白莉娜在捉弄他，所以面對這種挑釁般的服務，他面帶笑容不以為意。在旁人眼中，他看起來或許很開心。不過光宣只是配合這場惡作劇在演戲。

——真的只是如此而已。

不過在這個時候，從高千穗降落到地面的水波登場。

「……光宣大人，這究竟是……？」

水波低聲詢問光宣。

光宣回答「不，這是誤會」莫名慌張。

「請問您說的『誤會』是誤會什麼事？」

「這是莉娜為了捉弄我才開始的。」

水波不帶熱度的視線朝向莉娜。

「莉娜大人？」

「沒……沒有啦，這是在開玩笑喔，開玩笑。」

貿然刺激的話不太妙。

有這種感覺的莉娜扔下「那麼，之後交給你了」這句話逃離現場。

明明只是簡單用餐卻意外花了不少時間，所以達也比預定時間更晚說明昨天在拉薩探索遺跡獲得的知識。對象是深雪、水波、兵庫以及請兵庫帶回來的莉娜。

「……這簡直是落在所多瑪與蛾摩拉的神罰之火吧？」

在說明香巴拉文明開發的危險魔法時，莉娜不禁繃緊表情插嘴。

深雪與水波也掛著類似的表情，不過大概是宗教上的背景差異，兩人看起來不像莉娜那麼震驚。別看莉娜這樣，她會在週日前往教會——並非每週就是了。

「我也這麼認為。所多瑪與蛾摩拉的傳說，或許是這個魔法的記憶。」

雖然說明到一半，但是達也規矩回應莉娜的問題。

「現階段還不知道魔法的詳細內容，不過應該是在空中廣範圍生成高熱高濃度的電漿再打向地面的魔法。」

「就像是莉娜的『重金屬爆散』加上貝佐布拉佐夫的『水霧炸彈』組成的魔法……」

深雪輕聲這麼說完之後不禁發抖。大概是重新被自己說出的內容嚇到吧。

「如果是達也說的那樣……那麼這個魔法的威力不會隨著遠離原爆點而衰減，應該比我的魔法更強……」

莉娜臉色蒼白接續深雪的話語說。

「過剩的威力也是問題，但真正的問題在於這個魔法和之前的『巴別』一樣，只要確保足夠的魔法演算領域，任何人都能使用遺物習得這個魔法。」

「魔法演算領域夠大的人不是很少嗎？」

這個問題來自兵庫。他沒改變自己的冷靜態度。

「如果將魔法師當成人類尊重，那就是這樣沒錯。」

「意思是只要當成免洗工具，就能讓許多人學會？」

兵庫一如往常，表情與語氣都沒露出慌張模樣。然而和話題不符的這張和藹表情，或許更加反映他的心境。

「這是我依照感覺進行的推測……如果不怕魔法演算領域過熱，不對，如果積極容許過熱，應該有兩成以上的魔法師適合吧。」

「要是知道這個遺產的存在，大半的掌權者只會將魔法師當成兵器使用吧。因為這和現在的『使徒』不一樣，算是比較容易補充的戰力。」

光宣接續達也的話語，說出他們兩人認為最嚴重的擔憂。

掌權者即使獲得這個大規模殺傷性魔法，或許也不會實際使用。不過以「遺物」安裝魔法導致自身容納力超載的魔法師，就算沒有實際使用這個魔法，也會因為過熱而毀壞吧。而且是在短期間之內。

這麼一來，掌權者只會再度使用「遺物」，在別的魔法師身上安裝大規模殺傷性魔法。香巴拉的「遺物」做得到這件事。

「……確實有這個可能性。」

自己也曾經是「使徒」的莉娜，以憂鬱的聲音贊同。

「或許將來打造出來的魔法師，只會用來當成這個魔法的容器。」

自己也是人造魔法師「調整體」的深雪，以沉痛的聲音指摘由此衍生的問題點。

「而且這份職責也可能代代相傳……」

調整體的第二世代——父母是調整體的水波，沒能說完這個黯淡的未來。

「雖然才說到一半，不過下一個目標就是把這個……我想想，就暫定稱為『天罰業火』吧。必須把這個大規模殺傷性魔法『天罰業火』封印。首先回收安裝『天罰業火』所需的遺物，然後調查如何凍結安裝魔法的機能。」

「沒要破壞遺物嗎？」

「這是最後的手段。即使現在的人類無法運用，未來的人類也可能需要。」

回答深雪的問題時，達也的表情有所猶豫。他無法確信未來的人類會聰明運用知識。即使如此，他還是不想埋葬過去的智慧。

「……話說回來，除此之外還有什麼情報嗎？就我看來好像還有重要的事情沒說……」

深雪敏銳感覺到達也的苦惱，改變話題。

「這部分請讓我說明。」

所有人的視線集中在光宣身上。

確認達也微微點頭之後，光宣繼續說下去。

「日本也有香巴拉的遺跡。」

「咦？」

深雪、莉娜與水波各自以不同的反應表達驚訝之意。發出聲音的是莉娜。

「場所也知道了。可以從富士山麓的某個洞穴進入。」

「說到富士山麓的洞穴……是青木原嗎？遺跡位於經常有人造訪的那種地方，為什麼沒被發現？」

深雪感到納悶也在所難免。青木原的風洞是知名的觀光景點。不只如此，國防軍也用來進行森林戰的訓練。官方和民間當然都各自進行過各種調查。

「原本的入口在貞觀大噴火埋沒了。」

貞觀大噴火是富士山從貞觀六年（西元八百六十四年）持續兩年的活火山噴發，現在的青木原樹海就是在當時的熔岩流痕跡上方形成的。

「不過遺跡本身以休眠狀態留存。某個洞窟一直延伸到入口附近，所以從那裡繼續挖就可以到達。已經知道正確的位置，所以肯定能找到。」

「好厲害……拉薩的遺跡連其他遺跡的現狀都知道嗎？」

莉娜以佩服的表情插嘴。

「說來驚人，不過就是這樣。所以才會誕生『拉薩地下有通往香巴拉的路』這個傳說吧。」

「確實沒錯。無疑是『通往香巴拉的路』。」

「雖然場所也很重要，不過我們該注意的是那裡保管的魔法。」

達也說到這裡，以眼神催促光宣說下去。

「是的。富士的遺跡保管了關於寄生物的魔法。」

「咦？」

這次出聲的是水波。

「……恕屬下失禮了。不過『關於寄生物的魔法』是什麼意思？所以我們寄生物果然是香巴拉文明的產物嗎？」

「水波小姐，請冷靜。」

光宣握住坐在身旁的水波的手，讓她的心情鎮靜下來。

水波稍微臉紅低頭，深雪與莉娜對她的生澀反應露出微笑。

「詳細內容必須實際調查富士的遺跡才知道。不過香巴拉文明的人們應該不是製作寄生物，而是對付寄生物。」

「……為了對付出現的寄生物而製作魔法嗎？」

「應該是。」

「所以知道是什麼樣的魔法嗎？」

看見水波回復鎮靜之後，莉娜以興致勃勃的表情詢問光宣。

「…………」

「光宣，如果難以啟齒的話……」

「不。」

達也原本想說「就由我來吧」，但是光宣以堅定語氣制止。

然後他不是面向莉娜，而是水波。

「富士的遺跡保管了用來習得魔法的遺物。關於寄生物的魔法有兩個。」

水波倒抽一口氣。不只因為懾於光宣的嚴肅表情，也是察覺接下來要說的事情對於「他們」來說具備重大意義。

她深吸一口氣，做好聆聽的心理準備。

光宣回應水波的決心，開口說下去。

「第一個是沒有死亡風險，能夠確實將人類化為寄生物的魔法。」

光宣停頓片刻。

「另一個是將寄生物回復為人類的魔法。」

這次水波真的完全停止呼吸。

不只是水波。深雪與莉娜也忘了呼吸。

「回收『天罰業火』的遺物之後就前往富士的遺跡。我不想花太多時間，所以放心吧。」

達也的平淡聲音使得三人一齊想到必須呼吸。

在急促的呼吸聲平息之後，達也再度進行這個話題。

「你們兩人要怎麼做，等到實際回收遺物再思考就好吧。」

達也說完，光宣回應「說得也是」，水波說「屬下謹遵指示」。

「話說達也大人，請問『天罰業火』的遺物要去哪裡回收？依照所在的場所，或許必須盡快安排渡航手段。」

看話題告一段落之後，兵庫以不符合年輕氣息，像是模範管家般的穩重語氣詢問達也。

「就是說啊！既然西藏的遺跡是『通往香巴拉的路』，應該也知道那個大規模殺傷性魔法保管的場所吧？」

遺跡保管的不是魔法，是用來習得魔法的遺物。但是沒人對莉娜挑這種無意義的語病。

「沒問題的。渡航不是難事。」

達也首先對兵庫這麼說，然後回答莉娜的問題。

「遺跡的場所是沙斯塔山。」

沙斯塔山是位於ＵＳＮＡ加利福尼亞州北部的四千公尺級火山，也是促成本次香巴拉探索的遺物出土的場所。

◇　◇　◇

眺望橫濱港的小山丘上矗立著三合一的超高大樓——橫濱港灣高塔。包含旅館、購物中心、商辦空間與電視局的這棟綜合大樓，設置了日本魔法協會的關東分部。

在魔法協會分部——更正，在飯店高樓層餐廳的靠窗座位，盛裝打扮的七草真由美拿著雞尾酒杯眺望東京灣的夜景。

「抱歉我來晚了。」

一名走近餐桌的男性向她搭話。雖然是充滿威嚴的低沉聲音，但是真由美知道說話的是和她同齡的年輕人。

「沒關係。『加班』辛苦了，十文字。」

誇稱體格和聲音相符的十文字克人，在服務員的帶領之下，坐在真由美正對面的座位。

「加班嗎……結論早就定案了，所以我真希望可以準時結束。」

克人露出苦笑。這張表情「笑」的比例大於「苦」。他這段話與其說是牢騷應該更像消遣。

克人剛才代表十師族和魔法協會開完會。十師族會定期和魔法協會交換意見。

日本魔法協會的總部設立在京都，分部在橫濱。和總部進行的會議是由居住在金澤的一条家當家以及居住在蘆屋的二木家當家輪流出席。以前完全由九島家擔任這項職責，不過自從九島家在三年前歸還十師族的地位之後就成為這種體制。

另一方面，距離關東分部最近的是厚木的三矢家，不過東京的七草家自願負責和魔法協會交流。這是因為十師族與師補十八家大多都不想和魔法協會打交道，只有七草家──應該說只有七草家的現任當家七草弘一積極和協會建立關係。

但是最近的弘一開始避免走到臺前。取而代之成為窗口和協會交流的不是三矢家的當家，是十文字家的當家克人。弘一在這部分明顯推了一把。

克人不知道弘一的意圖。不過弘一在克人眼中屬於父母的那個世代。如果被要求代為處理這些「雜事」，克人難以婉拒。

知道今天是開會日的真由美，在同樣位於港灣高塔（不過嚴格來說是旁邊大樓）的餐廳招待克人共進晚餐，做為先前受邀的回禮。

這裡提到的「先前受邀」是克人詢問真由美「可以把遠上遼介的事情告訴他的妹妹嗎」的那場聚餐。今晚的招待主要是為了答覆這件事。

彼此出言消遣魔法協會一輪之後——這間餐廳也經常有協會幹部光顧，但是真由美與克人都不在乎被他們聽到——真由美進入正題。

「遠上先生說他不想和家人見面……應該說沒臉見他們。」

「看來有難言之隱……」

克人雙手輕輕抱胸，閉上雙眼，思考約五秒後睜開眼睛。

「……我知道了。就尊重他本人的意願吧。雖然很同情他的妹妹與家人，但他本人大概有一些不能讓步的執著吧。」

真由美聽完鬆了口氣。即使克人在這時候表示「還是讓他們見面吧」，遼介也已經從公司離職，離開員工宿舍。

「不過只要遠上遼介在魔法人聯社工作，說不定哪天就會忽然巧遇自己的妹妹或是艾莉莎。因為她們兩人都在東京。」

在人口這麼多的東京，生活圈與生活模式都不一樣的雙方巧遇的機率極近於零吧？真由美如此心想。而且克人的擔憂從前提條件就不對。

「我認為不必擔這個心。」

真由美想去除克人的多慮，忍不住說起原本不想透露的事——她因為鬆一口氣而稍微鬆懈。

「因為遠上先生離開聯社了。」

「離開……？是從公司離職的意思嗎？」

「是的，突然就離職了。不過魔法人聯社不是公司喔。」

真由美表現出無意義的執著導致話題停頓。

但是克人沒在這時候心急。

「遠上先生說他想要回到美國為蕾娜效力。」

聽到真由美這句話，克人表情僵硬。但是這個變化微乎其微，而且他平常的表情看起來就很僵硬，所以即使是老交情的真由美也看不出來——或許現在的真由美開始被酒精侵蝕注意力了。

「……妳剛才說美國的蕾娜，是ＦＥＨＲ的蕾娜・費爾嗎？」

「十文字，你知道蕾娜的事？」

「只要平常認真接收魔法師相關的新聞應該都會知道吧。在魔法師的世界，蕾娜・費爾要說是當紅人物也不為過。」

這次是真由美睜大雙眼。和克人不同，她的表情變化明顯易懂。

「現在是這種狀況嗎？」

「我反倒想問七草妳為什麼不知道。」

克人一臉傻眼的模樣。這次的表情連真由美也看得很清楚。

「沒有啦，所以說是怎樣？可以清楚告訴我嗎？」

真由美變得有點急性子。今天的真由美在這方面也和克人成為對比。

看著像是孩子般稍微噘嘴的真由美，克人必須刻意克制自己別嘆氣。

「蕾娜．費爾率領的ＦＥＨＲ，先前和魔法人協進會簽下合作協定。魔法人協進會雖說是春季剛成立的組織，不過代表人是ＩＰＵ的戰略級魔法開發者錢德拉塞卡博士。設立典禮的見證人是英國的『使徒』馬克羅德。魔法人協進會在國際社會，實質上是ＩＰＵ與英國公認的團體。而且副代表是如今被認為是世界最強魔法師的司波。魔法人協進會可說是早早就躍升為世界的一大勢力。」

「……不會有點誇張嗎？」

真由美不是開玩笑，而是想把這件事當成玩笑話而笑著這麼說。

「不誇張。」

相對的，克人以正經八百的表情斷言這不是玩笑話也不誇張。

「啊，好的。」

這股氣勢使得真由美不禁正色。

「……這樣的魔法人協進會，和沒沒無聞的ＦＥＨＲ攜手合作。在世界眾多的魔法師團體之中首先選擇這個組織。這當然不可能不成為話題吧？」

大概是看見真由美的反應覺得自己把話說得太重，克人緩和語氣如此總結。

但是真由美的驚訝沒有因而減少。組織內部人們的評價和外部人們的評價不同，這是在世間很常見的事。而且低估與高估是以相同機率產生。不過內部人們正確的案例比起相反的案例要來得少。

「所以你才知道蕾娜的事啊。」

只是真由美沒有反駁的材料，所以決定這時候暫且接受「就是這麼回事」。

「聽妳說得好像很親密，妳和蕾娜・費爾是什麼關係？」

「是最近結交的朋友喔。十文字你不知道嗎？為了調整雙方合作的細節，我兩個月前去了溫哥華一趟。」

「……不，我不知道。真虧妳有辦法赴美。」

克人展現的驚訝，感覺不像是演技。

看來政府不希望我赴美的這件事傳出去……真由美如此心想。

「我也這麼認為。不過背地裡好像發生了亂七八糟的事。」

「亂七八糟？發生了什麼事？」

「我不知道，而且也不想知道。」

克人露出疑惑表情，真由美以冷淡到無情的態度回答。

「反正肯定是常務——達也學弟做了某些事。」

「這樣啊……希望政府或軍方的壓力不要爆發就好。」

克人的擔心不是玩笑話。掌權者被迫進行不合己意的妥協，情緒在最後忍不住爆發，這種事不會只發生在虛構的故事裡。

「真的。希望達也學弟可以再稍微自重一點。」

「——司波的事情暫且放在一旁吧。」

感覺到真由美即將大吐苦水的徵兆，克人試著改變話題。

「妳剛才說遠上遼介為了蕾娜・費爾效力，他是FEHR的成員嗎？」

至今皺眉得恰到好處的真由美表情一沉。

「——是的。他來到日本好像也是蕾娜的指示。」

「所以是間諜？明知有間諜潛入日本魔法界，為什麼沒向師族會議報告？」

克人的語氣混入責難的色彩。不對，比起責難更像是斥責。

雖然話沒有說得很重，但是真由美移開視線不敢正視克人的臉。

「……雖說是間諜，但我覺得遠上先生沒要危害日本魔法界。而且他是日本人的魔法師。」

即使如此，真由美也沒低頭。雖然視線沒相對，卻沒有轉過頭去。

「但他是外國的間諜吧？」

「不是外國間諜，是為了外國人而擔任間諜。而且他只是在調查達也學弟的意圖。聯社大量收藏了外國想要的技術性情報，但他沒有試圖存取這些資料的形跡。」

「……但我認為妳沒有識破駭客入侵的技術。」

「就算我沒有，聯社也有響子小姐。他不可能做出『電子魔女』完全沒察覺的駭客行為。」

克人當然也知道「電子魔女」的威名。對於在電腦世界展開諜報戰的人們來說，無論是攻方還是守方，藤林響子都只是惡夢，是技術出神入化的惡魔駭客。雖然不曾留下惡意破壞的記錄，不過只要她有這個意思，依賴電子系統的現代社會將會在一夜之間癱瘓吧。說不定甚至能造成無法修復的傷害。就某方面來看是比達也更危險的人物。

既然真由美說藤林響子判斷「沒有非法存取的形跡」，克人就不可能繼續反駁。

「……七草，感覺妳對遠上遼介相當有好感。」

大概是因為這樣吧。

雖然克人很少這麼做，但他這句話有著強烈不服輸的性格。

「咦，好感——？」

不過這句話的效果出乎克人預料。

「居然說好感，我，這種事，哪有……」

說出這句話的克人反而冷不防被她的反應嚇到。這記打擊就是如此強烈。

「七草，妳……」

「等一下，十文字！你別誤會！」

沒什麼好誤會的，克人只是說「有好感」。如果是用來形容異性之間的情感，那麼「好感」與「喜歡」的差異相當於「Like」與「Love」。真由美明顯是自己踩到無底沼澤，應該說是踩進地雷原，但是克人沒有指摘這一點來消遣真由美。

「因為妳也進入適婚年齡了，即使有這種對象也不奇怪。」

克人不是在消遣，是非常正經這麼說。

「我就說不是了！」

餐廳瞬間被沉默籠罩。經過剎那的寂靜，竊竊私語的聲音重合為喧囂聲。

這次真由美終究是臉紅低頭了。

真由美意外咄咄逼人的態度，使得克人也說不出話。

「……我和遠上先生沒什麼。」

大概是覺得一直低頭就輸了，真由美抬頭看向窗外，擺出愛理不理的態度，像是說服自己般輕聲這麼說。形式上是在回應克人，實際上卻是在呢喃——是自言自語。

「遠上先生說他已經起飛前往美國了。」

剛好在這個時候，看得見一架客機從羽田機場——東京灣海上國際機場起飛。

「他的心裡只有蕾娜。將內心奉獻給其他女性的男性，從一開始就不可能是戀愛對象。」

雖然是巧合，不過遼介真的搭乘這架客機。可惜真由美不可能知道這個事實。

◇◇◇

當地時間八月二十七日，將近正午的時分。

加利福尼亞州的列治文市。兩名女性造訪ＦＡＩＲ首領洛基・狄恩藏身的獨棟住宅。

「閣下……我回來了。」

玄關大門一關上，蘿拉・西蒙就突然跪下。造訪的女性是蘿拉，以及好不容易帶她回到美國的何仙姑。

蘿拉逃離十六夜調的宅邸之後又花了三天的時間，因為她必須先繞到東南亞一趟，才能在入境審查的時候蒙混過關。

狄恩與蘿拉的通緝令還沒解除。雖然能以何仙姑的變身術通過海關，但是簽證與護照的出入境記錄無法只以魔法造假。

「——蘿拉，歡迎回來。」

狄恩以高傲態度俯視蘿拉，但他的眼中無疑隱含安心與喜悅。

將蘿拉帶來這裡的何仙姑，笑咪咪看著拙於表達情感的這對主從。

同一天的同一時刻。

「Milady，我回來了。」

「遼介？」

在溫哥華的FEHR總部，和遼介的意外重逢使得蕾娜目瞪口呆。

「Milady，和魔法人協進會的合作協定，我解釋為自己在日本的任務已經結束。請准許我再度回到您的身邊服侍。」

遼介深深低下頭。如果這裡是和室，他肯定會把額頭貼在榻榻米上吧。

「居然說服侍，別這樣……遼介，請抬起頭吧。」

即使聽到蕾娜以充滿困惑的聲音這麼說，遼介依然維持九十度鞠躬的姿勢。他的全身透露著「在獲得准許之前絕對不會動」的執著。

「……遼介，你是我的同伴。」

理解遼介這份頑固心情的蕾娜，語氣變得柔和。

「沒什麼准不准許，我也要拜託你。今後再度一起努力吧。」

遼介猛然抬起頭。感覺他隨時會感動得淚流滿面。

「Milady，這是我的榮幸！我會粉身碎骨誠心服侍！」

「就說不是服侍了啦。」

蕾娜稍微苦笑，再度以最敬禮的姿勢低下頭的遼介沒看見。

日本在這個時候是深夜，不過達也正在和兵庫逐步討論赴美計畫。

舞台即將再度轉移到美國西岸。

〈待續〉

後記

感謝各位陪同走到這裡。為各位送上《魔法人聯社》第六集。不知道各位是否看得愉快。

如果是超自然題材的作家，不對，即使不是作家，只要稍微有點超自然方面的嗜好，應該都會一度對於遠古文明感興趣，而且也肯定思考過「如果遠古時代建立了高度文明，為什麼沒留下相關證據？」這個問題。

現代文明的痕跡會意外地早早消失。許多人說過，比起紙張與墨水寫成的文件與書籍，電子形式的記錄媒體無法長期保存，而且紙與塑膠都會輕易燒燬。幾萬年後只會剩下磨損的石碑。後代的人們看到這些遺物，大概會認為太古文明只達到以石碑記錄事物的階段吧。

以鋼筋水泥打造的建築物，也會在文明毀滅的不久之後迅速毀壞。水泥會風化，鋼筋則是生鏽崩解。如果經過一萬年，或許只會留下富含石灰與鐵質的砂土。高度的現代文明會像這樣消失得無影無蹤，經過一段歲月之後新興的下個文明，或許只會從石造遺跡判斷我們的文明水準。

這是其中一個回答範例，但我支持另一個同樣常見的回答範例。那就是遠古文明建立在和現代文明不同的基礎之上。應該可以形容為「高度精神文明論」吧。感覺這個論點在創作的世界比較受歡迎。

這個論點的好處在於不必深入思考為什麼沒有遺跡殘留至今。因為是以魔法與超能力成立的文明，所以即使沒留下有形的遺跡也不奇怪。就是這樣的道理。

此外，神話或是傳說裡的眾神能力，也可以當成是高度精神文明的技術，在各方面為自己的設定增色，這也是另一個好處。這或許是現代奇幻作品的既定原則之一。

在這部作品裡，香巴拉也是以這種高度精神技術為基礎的遠古文明。記錄媒體使用的是岩石內部的成分配置以及分子結合的順序。必須使用「魔法」讀取記錄的內容。劇中出現的各種石板就是這麼設定的。

冰河期避難所的這個構想，啟發自葛瑞姆·漢卡克先生的《上帝的指紋》等一連串著作。雖然這麼說，但我沒有看完漢卡克先生的所有著作，主要參考的是《諸神的魔法師》與《諸神的足跡》。接下來的舞台設定為美國，就是受到《諸神的足跡》的影響。

換個話題。太空船或隕石在大氣層承受的高溫稱為「摩擦熱」是錯的，如今這已經是常識。那種高溫是絕熱壓縮造成的——是的，我對於這一點沒有異議。不過這樣就像是在說「發熱的原因在於發熱」吧？氣體的溫度與壓力，從氣體分子相互作用的觀點來看不是等價嗎？唔～～我不是專家所以不太懂……

依照我的直覺，如果追究壓縮發生的原因，基本上應該是太空船或隕石和空氣的流體摩擦。這樣的話，絕熱壓縮產生的高溫稱為「摩擦熱」似乎也不能一律斷言是錯的……

我在撰寫本集的時候思考了這些問題。這是題外話。

那麼，由衷希望第七集也能見到各位。雖然是老話重提，但還是感謝各位閱讀本作品。

（佐島 勤）

魔法科高中的劣等生 Appendix 1

Kadokawa Fantastic Novels

作者：佐島 勤　插畫：石田可奈

為紀念《魔法科》系列10週年
將收錄於光碟套組的特典小說集結成冊！

2095年9月。某件包裹誤寄到第一高中。內容物是未確認文明的魔法技術製品「聖遺物」，而且在不為人知的狀況下自行啟動——司波達也回神一看，發現自己位於森林裡。像是夢境的世界令他不知所措時，身穿純白禮服的深雪出現在他的面前……

NTNT300/HK$100

菜鳥鍊金術師開店營業中 1~7 待續

Kadokawa Fantastic Novels

作者：いつきみずほ　插畫：ふーみ

珊樂莎好不容易解決了盜賊肆虐問題
卻突然收到了發生不明傳染病的消息！

就在珊樂莎解決了盜賊肆虐問題，以為自己可以重回安穩生活時，卻突然收到了發生不明傳染病的消息！她必須肩負起羅赫哈特代理人與鍊金術師的責任，前往面對這一次的災禍——大受好評的奇幻鍊金術店面經營故事，即將進入重大局面！

各 **NT$240~250/HK$80~83**

賢者大叔的異世界生活日記 1~17 待續

Kadokawa Fantastic Novels

作者：寿 安清　插畫：ジョンディー

自我中心又任性的四神（偽神）面對梅提斯聖法神國的危機將採取行動！

由轉生者凱摩·布羅斯率領的獸人聯軍進攻梅提斯聖法神國的北方防衛重鎮卡馬爾要塞。並且趁勝追擊，攻下另一個防守重鎮安佛拉關隘……！陪同的傑羅斯等人則是默默扮演助攻的角色。而神祕的龍也有了新的行動。甚至四神也跟著參戰……

各 **NT$220~240/HK$73~80**

怕痛的我，把防禦力點滿就對了 1~15 待續

Kadokawa Fantastic Novels

作者：夕蜜柑　插畫：狐印

對抗戰進入白熱化連頂尖玩家也退場！
敵軍將梅普露設為頭號目標還以顏色！

嚴苛無比的大規模對抗戰開始還不到一天就白熱化，連頂尖玩家也一個接一個地退場！只以梅普露、莎莉、芙蕾德麗卡等三人執行的閃電戰術，使敵陣大為混亂。

認識到梅普露果真是頭號目標後，敵軍也還以顏色……！

各 **NT$200~230/HK$60~77**

異修羅 1～5 待續

Kadokawa Fantastic Novels

作者：珪素　插畫：クレタ

為求真正勇者之榮耀，寶座爭奪戰白熱化！
2021年《這本輕小說真厲害》雙料冠軍！

在眾人的各懷鬼胎之中，第五戰以無疾而終收場。接下來的第六戰裡，將由窮知之箱美斯特魯艾庫西魯出戰奈落巢網的澤魯吉爾嘉。面對不只能運用彼端的兵器，還能於無限的再生復活後克服自身死因的最強魔像。小丑澤魯吉爾嘉將會──

各 **NT$280~300/HK$93~100**

八男？別鬧了！ 1~19 待續

Kadokawa Fantastic Novels

作者：Y.A　插畫：藤ちょこ

威爾遠赴邊境欲支援與魔族之國的對戰
卻被魔族媒體採訪並與魔王接觸！

以巨大魔導飛行船琳蓋亞失去音訊，西方海域出現魔族之國的魔導飛行船艦隊等事件為開端，威爾等人去邊境欲支援，情況卻陷入膠著。後來威爾意外接受來自魔族媒體的採訪，還與「魔王」接觸！為您送上來到魔族之國這個全新舞臺的第十九集！

各 NT$180~250/HK$55~83

狼與辛香料 1~24 待續

Kadokawa Fantastic Novels

作者：支倉凍砂　插畫：文倉 十

賢狼與前旅行商人幸福生活的第七集開幕！
羅倫斯與女商人伊弗再度碰頭，她是敵是友!?

有個森林監督官找羅倫斯求救，說有片寶貴的森林即將消失。原來托尼堡地區的領主為將來著想，決定開闢森林，而領民們卻想留下這片祖先世世代代守護至今的森林，然而預定收購這批木材的港都卡蘭背後，居然有那個女商人的影子……

各 **NT$180~250/HK$50~83**

支倉凍砂 8
Isuna Hasekura
新說 狼與辛香料
狼與羊皮紙
Wolf on the parchment
Kadokawa Fantastic Novels

國家圖書館出版品預行編目(CIP)資料

續.魔法科高中的劣等生：魔法人聯社 / 佐島勤作；哈泥蛙譯. -- 初版. -- 臺北市：臺灣角川股份有限公司, 2023.12-
冊；　公分. -- (Kadokawa fantastic novels)
譯自：続.魔法科高校の劣等生：メイジアン.カンパニー
ISBN 978-626-378-280-8(第6冊：平裝)

861.57　　　　112017349

Kadokawa
Fantastic
Novels

續・魔法科高中的劣等生 魔法人聯社 6

（原著名：続・魔法科高校の劣等生 メイジアン・カンパニー 6）

2023年12月21日 初版第1刷發行

作者：佐島 勤
插畫：石田可奈
日版設計：BEE-PEE
譯者：哈泥蛙

發行人：岩崎剛人
總編輯：蔡佩芬
編輯：黎夢萍
美術設計：黃永漢
印務：李明修（主任）、張加恩（主任）、張凱棋

發行所：台灣角川股份有限公司
地址：104台北市中山區松江路223號3樓
電話：（02）2515-3000
傳真：（02）2515-0033
網址：www.kadokawa.com.tw
劃撥帳戶：台灣角川股份有限公司
劃撥帳號：19487412
法律顧問：有澤法律事務所
製版：巨茂科技印刷有限公司
ISBN：978-626-378-280-8